原来姹紫嫣红开遍

迟子建 著

浙江文艺出版社

总序

野草的呼吸

去年三月,雪花还未从北方收脚,寒流仍环绕冰城、不识相地穿街走巷时,盼春心切的我,一头扎进哈尔滨城郊的室内花卉市场,在姹紫嫣红的花中,选购了几盆色彩艳丽的四季海棠,抱回家中。

这一簇簇的海棠花儿,在窗前,在桌畔,就像迎春的爆竹,等待点燃。而悄无声息燃响它们的,就是阳光了。

在最初的一周,它们在日光中心思透明地大炫姿容,开得火爆。粉色的比朝霞还要明媚,鹅黄的娇嫩得赛过柳芽,橘色的仿佛通身流着蜜,火红的透着葡萄酒般的醇香,让人有啜饮的欲望。

居室春意盈盈，叫人愉悦。每日晨起，我都做早课似的，先阅花儿。我喝一杯凉白开，也给它们灌上一点生水。也许是浇水频繁的缘故吧，十多天后，我发现粉色的四季海棠首先烂了根，花儿做了噩梦似的，花瓣边缘浮现出黑边，像是生了黑眼圈。鹅黄的四季海棠叶片萎靡，花朵也蔫儿了。我以为它们缺乏营养，于是又浇花卉营养液。

可不管我怎样挽留，四季海棠去意已定，没有一盆不烂根的了，花茎接二连三倒伏，那一团团花朵，自绝于青春似的，香消玉殒。

我只得清理了残花败叶，沮丧地将花盆撂起，扔在阳台一角。

哈尔滨的春花，终于在四月中旬次第开放。先是迎春，接着是桃花、榆叶梅和樱花。李子树、杏树和梨树，紧随其后绽放，它们承担着坐果的使命，耽搁不得。再之后开花的，就是蔷薇和满城的丁香了。当丁香花释放着浓郁的香气，把哈尔滨变成一座大大的香坊时，爱音乐的人就聚集在松花江畔的斯大林公园了。拉手风琴和大提琴的，吹萨克斯和笛子的，莫不神采飞扬，激情荡漾。此时的松花江漂荡着谢落的榆树钱，它们挤挤挨挨在一起，涌动着向前，好像在为这春天的旋律鼓掌。

到了六七月，哈尔滨树上的花儿大都闭嘴了。不过不要紧，树下的草本花卉依附着大地，七嘴八舌地开了。园丁们栽培的郁金香、芍药、牡丹、鸢尾、玫瑰、石竹、瓜叶菊、孔雀草、凤仙花等等，一样千娇百媚，争奇斗丽。只是赏这样的花儿，人得一副奴隶的姿态，蹲伏着与其相视，不似与木本花卉比肩对望时，来得惬意。

但无论是树上还是树下的花朵，在去年都不如一盆野草带给我惊艳之感。

我不是把曾记录了四季海棠花事的花盆，弃在阳台角落了吗？虽说花叶无踪影了，可盆中残土犹存。暮春时分，一个午后，我去阳台晒衣服，无意间低头，发现这摞花盆的最上一盆，有银线似的东西在闪光。我凑近一看，原来是一棵细若游丝的草，从干硬的土里飞出来了！它已生长了一段时日了吧，有半根筷子长了。因为是从板结如水泥般的土里顽强钻出来的，缺光少水，它看上去病恹恹的，单细不说，草色也极为黯淡。

我想一棵草再折腾，也开不出花儿来，所以感慨一番，浇了点水，算是善待了它，由它去了。

那期间我忙于装修新居，忙于外出开会，在家时虽也去阳台舀米取面，晾衣晒被，但哪会顾及一棵草的命运呢？它就在无人的角落中，挣扎着活。直到七月下旬我参加香港书展归来，打扫阳台时，才发现它已成了气候。盆中的野草不是一棵，而是七八棵了，它们相互搀扶着，努力向上，疏朗有致，绿意荡漾。这盆不屈不挠成长的野草，终于打动了我，我把它搬到卧室的南窗前，当花儿养起来。

有了阳光的照拂，有了水的滋养，野草出落得比春花还要漂亮。它们像一把插在笔筒里的鹅毛笔，期待我书写些什么。有时我会朝它吹上一口气，看野草风情万种地起舞，将穿窗而入的阳光，也搅得乱了阵脚，窗前光影缭乱。有时我会含上一口清水，"噗——"的一声，将清水喷射到野草上，看它仿佛沐浴着朝露的模样。我就这样与野草共呼吸，直到哈尔滨的菊花，在浓霜中耷拉下脑袋，所有户外的花儿，在冷风中折翼，我居室的野草，依然自由舒展着婀娜的腰肢。它仿佛知道我嫌它不能开花似的，居然长出花茎，开出几株穗状的米粒似的花儿，如一面面耀眼的小旗子，宣誓着它的春天。

这盆欣欣向荣的野草，直到年底，才呈颓势。先是开花的草茎，变得干瘪，落下草籽。跟着是花盆外缘的野草，朝圣般地匍匐下身子。到了春节，野草大都枯黄，只有中央新生的草，仍是绿的。它就这样一边枯萎一边生新芽，所以直到如今，这盆野草，依然活着。

我从事文学写作三十余年了，小说应该是我创作的主业，因为在虚构的世界中，更容易实践我的文学理想。但我也热爱散文，常常会在情不自禁时，投入它的怀抱。它就像一池碧水，洗濯着尘世的我。这些不经意间写就的散文，就像我居室里的那盆野草,在小天地中,率性地生长,不拘时令,生机缭绕,带给我无限的感动和遐想。

当一个人的呼吸,与野草的呼吸融合在一起时,在寒刀霜剑的背后,在凉薄而喧嚣的世间,宁静与超然,安详与平和,善与慈,爱与美,就会在不老的四季中,缠绕在你的枝头,与你同在。

我愿将这样的野草,捧给亲爱的读者。

目　录

原来姹紫嫣红开遍

春天是一点一点化开的　/ 003

谁说春色不忧伤　/ 006

泥泞　/ 011

一间自己的屋子　/ 014

雪天音乐　/ 019

木器时代　/ 027

为爱而告别　/ 031

红绿灯下　/ 036

岁月留痕　/ 040

房屋杂谈　/ 043

寒冷也是一种温暖　/ 047

时间怎样地行走　/ 052

晚风中眺望彼岸　/ 056

原来姹紫嫣红开遍　/ 065

斯人独憔悴

宁静的辉煌 /075

保护文字 /078

斯人独憔悴 /081

昨日花束纷纷 /087

赐笔的"上帝" /092

"蘑菇人"及其他 /095

消逝的时光 /098

未来的岸 /102

羞涩的夜谈 /105

必要的丧失 /113

请接受残酷 /117

是谁为"名利"制造了温床 /121

谁饮天河之水 /124

是谁扼杀了哀愁

花季的乞讨 / 131

罂粟的报复 / 134

死亡的气息 / 137

闲话出租车 / 141

祭奠鱼群 / 145

奸商横于世 / 150

童子庙的倒坍 / 153

哀蝶 / 158

迷惘 / 162

鞭笞与践踏 / 168

我们到哪里去散步 / 174

是谁扼杀了哀愁 / 178

谁为这个世界送葬 / 182

睡眠与劳动 / 186

假如鱼也生有翅膀

与自己相遇 / 193

桃李不言 / 199

我的女性观 / 203

嫁给什么样的男人 / 205

怦然心动的瞬间 / 209

中国足球:区域内的顺风球 / 213

鸡冠花为谁盛开 / 216

呼唤旧时代 / 221

足球不可演绎 / 225

时尚与匮乏 / 230

论谦卑 / 237

一只惊天动地的虫子 / 242

假如鱼也生有翅膀 / 246

骂声中的浪漫 / 249

原来

姹紫嫣红

开遍　_____

　　　　　极北的春天，
　　　　　是一点一点化开的。

春天是一点一点化开的

立春的那天,我在电视中看到,杭州西子湖畔的梅花开了。粉红的、雪白的梅花,在我眼里就是一颗颗爆竹,噼啪噼啪地引爆了春天。我想这时节的杭州,是不愁夜晚没有星星可看了,因为老天把最美的那条银河,送到人间天堂了。

而我这里,北纬五十度的地方,立春之时,却还是零下三十摄氏度的严寒。早晨,迎接我的是一夜寒流和冷月,凝结在玻璃窗上的霜花。想必霜花也知道节气变化了吧,这天的霜花不似往日的,总是树的形态。立春的霜花团团簇簇的,很有点花园的气象。你能从中看出喇叭形的百合花来,也能看出重瓣的玫瑰和单瓣的矢车菊来。不要以为这样的花儿,一定是银白色的，一旦太阳从山峦中升起来，印着霜花的玻璃窗，就像魔镜一样，散发出奇诡的光辉了。初升的太阳先是把一抹嫣红投给它，接着，嫣红变成橘黄，霜花仿佛被蜜浸透了，让人怀疑蜜蜂看上了这片霜花，把它们辛勤的酿造，洒向这里了。再后来，太阳升得高了，橘黄变成了鹅黄，霜花的颜色就一层层地淡下去、浅下去，成了雪白了，它们离凋零的时辰也就不远了。因为霜花的神经，最怕阳光温暖的触角了。

虽然季节的时针已指向春天了，可在北方，霜花却还像与主子有了感情的家奴似的，赶也赶不走。什么时候打发了它们，大地才会复苏。四月初，屋顶的积雪开始消融，屋檐在白昼滴水了，霜花终于熬不住了，撒脚走了。它这一去也不是不回头，逢到寒夜，它又来了。不过来得不是轰轰烈烈的，而是闪闪烁烁地隐现在窗子的边缘，看上去像是一树枝叶稀疏的梅。四月底，屋顶的雪化净了，林间的积雪也逐渐消融的时候，霜花才彻底丢了魂儿。

在大兴安岭，最早的春色出现在向阳山坡。嫩绿的草芽像绣花针一样顶破丰厚的腐殖土，要以它的妙手，给大地绣出生机时，背阴山坡往往还有残雪呢。这样的残雪，还妄想着做冬的巢穴。然而随着冰河乍裂，达子香花开了，背阴山坡也绿意盈盈了，残雪也就没脸再赖着了。山前山后，山左山右，是透着清香的树、烂漫的山花和飞起飞落的鸟儿。那蜿蜒在林间的一道道春水，被暖风吹拂得起了鱼苗似的波痕。投在水面的阳光，便也跟着起了波痕，好像阳光在水面打起蝴蝶结了。

我爱这迟来的春天。因为这样的春天不是依节气而来的，它是靠着自身顽强的拼争，逐渐摆脱冰雪的桎梏，曲曲折折地接近温暖，苦熬出来的。也就是说，极北的春天，是一点一点化开的。它从三月化到四月甚至五月，沉着果敢，心无旁骛，直到把冰与雪安葬到泥土深处，然后让它们的精魂，又化作自己根芽萌发的雨露。

春天在一点一点化开的过程中，一天天地羽翼丰满起来了。待它可以展翅高飞的时候，解冻后的大地，又怎能不做了春天的天空呢！

谁说春色不忧伤

在我的故乡,十月便入冬了。雪花是冬季的徽标,它一旦镶嵌在大地上,意味其强悍的统治开始了。虽说年分四季,但由于南北不同和季节差异,四季的长度是不相等的,有的春短,有的秋长。而我们那儿,最长的季节是冬天。它裹挟着寒风,一吹就是半年,把人吹得脸颊通红,口唇干裂,人们在呼号的风中得大声说话,不然对方听不清。东北人的大嗓门,就是寒风吹打的吧。你走在户外,男人的髭须和女人的刘海,都被它染白了,所以北国人在冬天,更接近童话世界的人,他们中谁没扮过白须神翁和白毛仙姑呢。

被寒流折磨久了、被炉火烤得力气弱了、被冬日单一蔬菜弄得食欲寡淡的人，谁不盼着春天呢？春天的到来是最铺张的，它的前奏和序幕拉得很长。三月中旬吧，就有它隐约的气息了。连续几个晴天后，正午时屋檐会传来滴答滴答的水声，那是春天的第一声呼吸，屋顶的积雪开始融化了。人们看见活生生的水滴，眼里泛着喜悦的光影。但别高兴得太早，春天伸了一下舌头，扮个鬼脸，就不见了。寒流的长鞭子又甩了出来，鞭打得人还不能脱下冬衣。人们眼巴巴地看着屋檐滴水时凝结的冰溜儿，就像望着脆弱的琴弦，不敢把动人的旋律弹奏。到了四月初，屋顶的积雪全然融化了，家家的白屋顶露出了本色，红瓦的现出热烈的红色，青瓦的现出深沉的钢青色，这时春天的脚步真的近了。雪花隐遁，天空由灰白变成淡蓝，太阳苍白的面庞有了暖色，河岸柳树泛红，林中向阳山坡的达子香花，羞答答地打骨朵了，人们饲养的家禽，开始在冬窝里频频伸展翅膀，想啄春天的第一口湿泥，做自己的口红，这时的春天怎么说呢，是到了婚日的盛装的新娘，呼之欲出了！

春天就是一个宝石库，那里绿翡翠最多。地上的草，林中的树，园田的菜圃，呈现着一派娇嫩的绿；山间原野的花儿，姹紫嫣红，争奇斗艳，蓝的如宝石，红的如玛瑙，白的如珍珠，金黄的如琥珀。这时窗缝的封条撕下来了，门上用于抵御寒风的棉毡也取下来了，人们换下棉衣棉裤，家禽们又可以寻觅园田肥美的虫子，作为它们的小点心了！到了五月，春天波涛汹涌地来了，所有的生命都荡漾在它明媚的波涛里！

但这样的春色，也许过于寻常，并没有烙印在我心灵深处。我对最美春色的记忆，居然与伤痛联系在一起。也就是说，有两个年份的春光，分别因身体和心灵的伤痛，而化为了化石，嵌在我骨头缝里，无法忘怀。

我在大兴安岭师专读二年级时，也就是三十四年前，春末时分，我突患牙痛。先是一颗牙起义，疼了起来，跟着它周边的牙呼应它。半口牙痛起来的感觉，你甚至想当自己的刽子手，砍下头颅。我还记得童年时一个杀猪的因为牙痛，要喝农药，他老婆喊邻人阻止丈夫愚蠢行为的情景。有过牙痛经历的人都知道，那种痛锥心刺骨，尤其是夜深它扰得你不能安眠时。记得我被牙痛连续折磨了两昼夜，一天凌晨，天还没亮，我实在忍耐不住，一个人悄悄穿衣起来，出了集体宿舍，走向校园西侧的原野。那天有雾，我张开嘴，希望雾气能像止痛散，发挥点作用。当我步出宿舍区，接近原野的时候，发现了一团黑乎乎的东西。走近一看，是一台用于耕地的拖拉机！我想起白天时，曾望见它在原野上工作。拖拉机驾驶室的门，居然一拉就开了。我像发现了一个古堡，兴奋地跳上驾驶室。完全不懂驾驶技术的我，试图开动它。好像拖拉机的履带一转，我的病痛就会被碾碎似的。我不知哪里是油门刹车，双脚乱踏，手抚在方向盘上，振振有词地喊着"前进前进"，可拖拉机纹丝不动。但这丝毫没有减淡我的热情，我像对付一匹野马似的，执意要驯服它，一直和它战斗，直到雾气野鬼似的在日出中魂飞魄散，我才大汗淋漓地休战。太阳从背后升起来，照亮了我面前的原野。它的绿是那么的鲜润，就像一块刚压好的豆腐，只不过这是块巨大的翡翠豆腐！这片触目惊心的绿震撼了我，我跳下拖拉机。牙痛就在我奔向原野的时刻，突然止息了。病牙撤兵，整个身心都获得了解放。我感恩地看着春天的原野，想着它蛰伏一冬，冲出牢笼后出落得如此动人，可我从未细心打量过它，辜负如此春色，实在不该。

另一片记忆中的至美春色，是与二〇〇二年联系在一起的。那年五月三日，爱人在归乡途中车祸罹难，我赶回故乡奔丧。料理完丧事，回到塔河，正是新绿满枝的时候。姐姐见我很少出门，有一天领着孩子，拉着我去堤坝走走。太阳已经很暖了，可走在土路上，我却觉得脊背发凉。堤坝是我和爱人常去的地方，我们曾在河边打水漂，采野花，看两岸的山影、庄稼和牛羊。我走下堤坝，看到几棵嫩绿的柳蒿芽，随手采了，那是我和爱人喜欢吃的野菜，把它用开水焯了，蘸酱吃鲜美无比。我采了柳蒿芽，又看见了野花，白的，粉红的，淡蓝的，星星似的眨眼。我没有采花，因为以往采回的野花，会放到床头桌上，照亮两个人的梦境。想着爱人与这样的春色永别了，想着再无人为我采撷这大好春色，伴我入梦，我忍不住落泪了。"万木皆春色,唯我枝头泪",这是我为《白雪乌鸦》里丧夫的女主人公写的一句内心独白,它其实也是我的内心独白。那天我怕姐姐看见我的泪,便朝茂密的柳树丛走去。泪眼中的春色飞旋起来,像一朵一朵的云,在人间与天堂之间绽放,那么迷离,那么凄美!四野寂静,我听见了自己的心跳声。我想一颗依然能感受春光的心,无论怎样悲伤,都不会使她的躯壳成为朽掉的木。爱情的春光抽身离去,让我成为无人点燃的残烛,可生命的春光,依然闪烁!

我最爱的词人辛弃疾,曾写过"春风不染白髭须"的名句。是啊,春风染绿了山,染红了花,染蓝了天,染白了云,可它不能把我们的白须白发染黑,不能让岁月之河倒流。但春风能染红唇,能让它像一朵永不凋零的花,吐露心语,在夜深时隔着时空,轻唤你曾爱过的人,问一声:"你还好吧?"

泥 泞

北方的初春是肮脏的,这肮脏当然缘自我们曾经热烈赞美过的纯洁无瑕的雪。在北方漫长的冬季里,寒冷催生了一场又一场的雪,它们自天庭伸开美丽的触角,纤柔地飘落到大地上,使整个北方沉沦于一个冰清玉洁的世界中。如果你在飞雪中行进在街头,看着枝条濡着雪绒的树,看着教堂屋顶的白雪,看着银色的无限延伸着的道路,你的内心便会洋溢着一股激情:为着那无与伦比的壮丽或者是苍凉。

然而春风来了。春风使积雪融化,它们在消融的过程中容颜苍老、憔悴,仿佛一个即将撒手人寰的老妇人。雪在这时候将它的两重性毫无保留地暴露出来:它的美丽依附于寒冷,因而它是一种静止的美、脆弱的美;当寒冷已经成为西天的落霞,和风丽日映照它们时,它的丑陋才无奈地呈现。

纯美之极的事物是没有的,因而我还是热爱雪。爱它的美丽、单纯,也爱它的脆弱和被迫的消失。当然,更热爱它们消融时给这大地制造的空前的泥泞。

小巷里泥水遍布;排水沟因为融雪后污水的加入而增大流量,哗哗地响;燕子在潮湿的空气里衔着湿泥在檐下筑巢;鸡、鸭、鹅、狗将它们游荡小巷的爪印带回主人家的小院,使院子里印满无数爪形的泥印子,宛如月下松树庞大的投影;老人在走路时不小心失了手杖,那手杖被拾起时就成了泥手杖;孩子在小巷奔跑嬉闹时不慎将嘴里含着的糖掉到泥水中了,他便失神地望着那泥水呜呜地哭,而窥视到这一幕的孩子的母亲却快意地笑起来……

这是我童年时常常经历的情景,它的背景是北方的一个小山村,时间当然是泥泞不堪的早春时光了。

我热爱这种浑然天成的泥泞。

泥泞常常使我联想到俄罗斯这个伟大的民族,罗蒙诺索夫、柴可夫斯基、陀思妥耶夫斯基、托尔斯泰、蒲宁、普希金就是踏着泥泞一步步朝我们走来的。俄罗斯的艺术洋溢着一股高贵、博大、阴郁、不屈不挠的精神气息,不能不说与这种春日的泥泞有关。泥泞诞生了跋涉者,它给忍辱负重者以光明和力量，给苦难者以和平和勇气。一个伟大的民族需要泥泞的磨砺和锻炼，它会使人的脊梁永远不弯，使人在艰难的跋涉中懂得土地的可爱、博大和不可丧失，懂得祖国之于人的真正含义。当我们爱脚下的泥泞时，说明我们已经拥抱了一种精神。

如今在北方的城市所感受到的泥泞已经不像童年时那么深重了。但是在融雪的时节，我走在农贸市场的土路上，仍然能遭遇那种久违的泥泞。泥泞中的废纸、草屑、烂菜叶、鱼的内脏等等杂物若隐若现着，一股腐烂的气味扑入鼻腔。这感觉当然比不得在永远有绿地环绕的西子湖畔撑一把伞在烟雨蒙蒙中耽于幻想来得惬意，但它仍然能使我陷入另一种怀想，想起木轮车沉重地碾过它时所溅起的泥珠，想起北方的人民跋涉其中的艰难的背影，想起我们曾有过的苦难和屈辱，我为双脚仍然能触摸到它而感到欣慰。

我们不会永远回头重温历史，我们也不会刻意制造一种泥泞让它出现在未来的道路上，但是，当我们在被细雨洗刷过的青石板路上走倦时，当我们面对着无边的落叶茫然不知所措时，当我们的笔面对白纸不再有激情而苍白无力时，我们是否渴望着在泥泞中跋涉一回呢？为此，我们真应该感谢雪，它诞生了寂静、单纯、一览无余的美，也诞生了肮脏、使人警醒给人力量的泥泞。因而它是举世无双的。

一间自己的屋子

童年时,我的房屋就是姥姥的胳肢窝。冷了,害怕了,就像鱼一样摆摆尾巴游到那安静温暖的港湾里。在那里可以把月亮想象成一间红房子,把银河视为通向红房子的路,于是我在夜间就会梦见自己成为一只蓝鸟,掠过银河,沐浴着灿烂的星光,叩开芳香四溢的红房子的门。嫦娥轻纱袅袅地打开门,说,你把吴刚砍下的桂花树背回人间吧。

离开了姥姥和那里的白夜,一间八平方米左右的房屋像魔术盒子一样吸引了我,那是一间小北屋,我和姐姐住在一起。我们窗外是后菜园,菜园的栅栏外是别人家的桦子垛和房屋。躺在北屋的小炕上,可以清清楚楚地看见谁家的公鸡跳到桦子垛啼叫，谁家的炊烟又不到晌午时就升起来了。北窗前有一棵稠李子树，树周围种了花，那些花一到盛夏时就疯疯癫癫地四处求发展，有的竟越过了黯淡的墙壁，伸向炕上的枕头了。那枕头于是就有了香味。

我的睡态总像溢出河床的洪水一样毫无规矩、泛滥成灾，我常常把姐姐挤到墙根，而自己四仰八叉地占有偌大一块领地——这于姐姐还算幸运的，不幸运的时候是我常常在夜晚时用脚踢她，她安然的乖乖女孩的睡态怎受得了我夜晚时犹如驰骋疆场的烈马一般的袭击呢？于是就有了抱怨，于是我就多了一分介意和小心，可我是左右不了自己的，因为在睡眠时我不存在，我是一只蓝鸟或蜻蜓。那时总想，要有一间自己的屋子多好。就在那间小屋里，我们冬天看窗外的白雪，夏天听风吹稠李树的哗哗声。

我到城里上高中了。在那里，我更没有自己的一间屋子。二十平方米左右的屋子住着十六名女生，分上下两层，是通铺，我住在上铺靠北的地方。北窗将它最上面的三块玻璃恩赐给我，所以我仍可以躺在铺上望窗外。窗外没什么好景致，一个矮矮的仓库，一堆废木料，一个厕所，看几眼就疲倦了。只是有一次学校的一个老工人死了，人们在仓库旁扎起花圈，那花圈豁然使我的北窗一亮，我知道死人是多么平凡的事情。

我在那铺上睡了两年。我至今仍能忆起地中央放着一个火炉，炉盖上坐满了饭盒，炉壁四围却挤满鞋垫。炉子并不是什么宽广大道，可那上面却挤满了脚印。地中央常常是湿淋淋的，那上面粘着头发和废纸，用笤帚去扫，头发常常阻住笤帚，可以想见那时我们梳头发时多么漫不经心，我们太年轻，头发又茂盛，当然可以不吝惜地用木梳拉拉扯扯了。而那时的女孩子，现在都到了爱惜头发的年龄——不知又是否有心情和条件去爱惜？

那时渴望有一间自己的屋子，那缘由说起来也许是荒唐的。我在那里丢过一只钱包。钱包放在衣袋里，入夜时挂在墙上，可有一天早晨醒来却发现它不翼而飞。后来我在正施工的暖气沟中发现了它，但它只是一个空壳了。我记得里面有七元多钱和一些粮票，对于当时家境并不富裕的我来讲，不啻为一种重大损失。在那个早晨，我守着空空如也的饭盒哭了。那时就想，要是有一间自己的屋子，钱包就不会丢了。从此之后，那屋子里的人都令人恐惧和生疑，虽然说只有一人偷了钱包，而那原因肯定是因为贫穷，但是那时绝不会大度地去宽容别人，而是常常揣着那个硬瘪瘪的钱包，很晚很晚才从教室回来，沉默寡言，入夜时就把钱包放在枕头下。

我十七岁的那年初冬离开了故乡，在大兴安岭师范专科学校上学。那是我第一次坐火车。那时有一个天真的想法，认为坐上火车的人就不一般了，火车到达的地方也是非同凡响的，所以认定学校的新居干净、宽敞而漂亮。然而凌晨三时下了火车跟着自己的行李坐在卡车上瑟瑟发抖着朝学校靠近时,我知道自己的想法大错特错了。我们十几个人仍然住着一间二十平方米左右的屋子,不同的是火炉在门外的走廊里。那天进去时电还未接通,老师擎着根蜡烛照亮每一个人的床头,看清名字后就喊一声:"×××,你在这!"各就各位后,我们打开了行李,老师将蜡烛最后的一束光焰带出屋子,我们就陷在黑暗中。我在黑暗中打开手电筒,给家里写第一封信,只写了一句:

爸爸妈妈:我想家……

我的泪水就下来了。我没有再写下去,当然也没有发那封信。

后来师范专科学校的校舍大有改观,一年后我们搬入新居,八个人一间的屋子。就在那间屋子里,有一天深夜我梦游了,我赤脚走到窗前,对着窗外的暗夜说:桂花呢,我采的桂花呢……

师专毕业后,虽然住宿大有改观,可总是与人合住,我并未有自己的一间屋子。

伍尔夫曾说一间自己的屋子是女人所必需的。我渴望着有一间自己的屋子是因为我可以在精神上真正独立,喜怒哀乐受自己支配,想哭就哭,想唱就唱,想睡懒觉就拉上窗帘,想听着音乐想点什么就关起门来,想宁静地回忆着写点什么的时候就让屋内的一切声音都止息。

有一间自己的屋子多么好,可以把最喜欢的人请来闲谈和吃饭,可以把最不喜欢的客人拒之门外,那时我就是自己的上帝。没有了委曲求全和压抑个性,而是一个完全真正的自我的存在,犹如那个在童年时化成一只蓝鸟飞进月亮的女孩子,虽然她没有把桂花树背回人间,但人间仍香气弥漫。

如果有一间自己的屋子,向西最好,每天可以站在窗前看夕阳。斜阳贴在自己屋子的窗户上,那就是我的斜阳。

雪天音乐

我六岁。我的头发像这个世界上最易生长的植物一样在夏日的阳光下变得悠长。我是被一条大船从崇山峻岭的缝隙中给牵引到这里的。这里叫北极村——漠河。

我很少见到大群的孩子。老人们活得总是那么从容不迫,那些孩子要么是在襁褓之中,要么是在年轻女人的肚子中慢慢构造未完成的躯体,我的游戏对象忽然呈现出一派前所未有的荒凉景象。我开始热恋菜园中金灿灿的油菜花上的蝴蝶和旧房子瓦檐下倒垂的那一串串绿色的植物。但我很快在一个晚霞消逝的时候割断了这些爱恋,最直接的原因在于我当时爱上了一条狗,那是一条金色的狗,它像秋天一样诱惑着我走向它的世界。

　　我和这条狗是在晚霞败落的时刻离开菜园的,它带领着我走出外祖母家的院落,并且勇敢地朝着向东的小路威武地走去。我们相偎着,它的体温温暖着我的小腿。我们先是路过了一小片长方形的土豆地,土豆地的垄边全都种着向日葵,那些向日葵的脑袋因为跟着太阳转动了一天而正在垂头休息。接着,我们路过了一幢高大的木刻楞房子。我看见屋门前坐着一个嘴角流着口水的男孩,我判断出他的名字与我身边的狗的名字相符。那个时候从屋里走出一个穿着黑色长裙子的高大的女人。她的头上包着一块古铜色的三角巾。虽然看不太清她的面孔,但我感觉到她的眼睛幽深而美丽,她在召唤那个淌口水的男孩回家。

　　我想在那停留一会儿,但我的狗却熟练地带着我像风一样掠过那里,沿着小路继续朝东走。我们又路过了一口水井,然后我们感觉到湿气浓浓地袭来,我觉得凉爽而寒冷,我听见一条江的呼吸声,我朝它走去。

　　它躺在我们面前,它的名字叫黑龙江。

　　我们站在岸上,望着对岸。对岸有鸟的鸣叫。鸟声像音符一样均匀地洒在江水和灰紫色的沙滩上。江面上自由地飘逸着一些渐晚的白雾,这些白雾像一群银色的鸽子一样悠闲地在江水上舞蹈。

我知道对岸有一个共同的人类，但却是不同的民族。这条江便分割了此岸与彼岸的血缘关系。我知道在江水中浮游的时候，我们的船只许紧靠着自己的岸边漂流，我们不能逾越国境线，我们曾用带血的武器把一条充满活力的大江砍得伤痕累累，许多的伤痕结疤后，我们在五颜六色的地图上看到了一条波折起伏的国境线，我们学会了捍卫自己的家园。

北极村的生活有着它说不清的一股风味，那风味就像夏日岭上的野菊花一样朴素而又明亮。我六岁的脚趾像鲜嫩的五瓣芍药花一样在这片古朴的乡土上有滋有味地张开着。我光着脚丫踩着温热的泥土，和外婆去黑龙江边刷鞋子。

江岸上有密集的毛柳，许多的小鸟都愿意钻在其间练习嗓音，时而可以听见鸟声参差不齐地一截一截地飞来，直把人打得跟跟跄跄的。外婆怕我乱跑，就让我看管鞋子。我把未刷的鞋子浸在浅水滩中，在每一只鞋里都装上一块石头，以免被水冲走，然后，我就会看到许多灰色的、黑色的、翠绿的大大小小的鞋子像一艘艘小船一样静静地停泊在一片明净的水下。说是让我看管鞋子，倒不如说让鞋子看管我六岁的活泼爱动的身子。那个时候我只有静静地、直直地站在岸边，像一株孤独的杨树一样青着脸把目光放到鞋上面。

但江面上漂来的一只小船却改变了我的视线。

那是一只白色的小船。船的形状和色彩都让人想起苍茫的上弦月。这条船像一条银色的鱼一样从远方颤颤悠悠地漂移过来，桨声错落有致。我望见船上有三个人的影子，在这一团影子中，有一点粉红色显得格外夺目。

"不要瞅他们——看好那些鞋子！"外婆用一种干脆的声音命令我。

我在她的严厉的目光逼视下垂下头来，分外委屈地盯着水下那一只只鞋子，忽然觉得它们个个都是老气横秋的样子，仿佛它们身上的晦气转嫁到了我身上，我对它们产生了片刻的仇恨。

我继续看那条船。

那条船已经离我越来越近了，我看见它在江的另一侧搅起了一串粉末般细碎的浪花。船上坐着一对夫妻和他们的孩子。那个女孩和我年龄相仿，我看见的那种亮堂的粉红色正是她头上斜戴的凉帽，她那样子看起来娇媚极了！

她显然也发现了我，她开始在船上鸣里哇啦地冲我嚷着，并且把头上的凉帽摘下来向我招手摇动。我当时十分感激她的友好，我费了很大的力想把手像她一样扬起，回报她一个微笑，可我的努力终归枉然。我不知那手在与人招手示意时该怎样动作。我眼看着那条船留下几点笑声离我远去，沙滩上雄伟的哨所像一只巨大的眼睛一样盯着我们所做的一切。外婆苍白的头发像残雪一样，她仍然在埋头刷那些她永远也刷不完的几代人的鞋子。

听说，他们那的人喜欢游玩。男人喜欢喝酒喜欢睡女人，而女人则喜欢歌唱和舞蹈。难怪呢，我们听见鸟儿歌唱的时候，总是对岸稠于我们。我们为什么不歌唱呢？

我和我那条像秋天一样成熟、庄重、金灿灿的傻子狗，终于有一天神秘地潜入了靠东边住的老毛子家。她家门前仍然坐着那个嘴角淌出口水的傻男孩，不过这个男孩长得十分漂亮。俄罗斯血统和中国血统的交融使他成为一种具有特殊身份的美丽异常的生命，但他的智慧相对来讲却一贫如洗。我走进他家院落的时候他无动于衷，他的眼睛直视着前方的一株向日葵，仿佛我是他的隐形人一样。

傻子狗停下来，很自在地和他坐在一起，它把前爪搭在他的胸前，他对这条狗终于有了反应，他低下头搬动狗爪子的时候惊心动魄地笑了几声。

我理所当然地成了这位老太太的小朋友。

她高耸的鼻梁像一道屹立的山峰一样暗示着我与她之间的界限，可她旋转的舞姿和亲昵的举止又像常青藤一样缠住了我，让我觉得春天的奔放和狂热。我六岁的热情蓬勃发展，我总是在夜深时分能比别人听到更多的鸟声。

早晨，太阳从另一片国土上浑圆地升起。我起床后常常看见晴天的日子中的太阳正朝我们的家园旋转过来。那时田野到处都跳跃着鱼鳞一样透明的阳光。我和傻子狗总是巧妙地摆脱掉外婆监视的目光，朝着向东的木刻楞房子匆匆走去。我们在那里唱歌跳舞，并且给许多有趣的植物起出新的名字——我们把油菜花称为"米粒粒"，把野玫瑰叫作"刺丫头"，而把山坡上那群生的黄花菜称为"寡妇排队"。

可我的外婆很快发现了我的行踪，她在一个晚霞如血的傍晚严厉地教训了我一顿，我第二天的活动区域只能是菜园了。外婆说了，那里住着一个爱勾引男人的骚婆娘，她说不定是一个头号的大特务呢。外婆还说，你舅舅他就要入党了，我们是几代贫农，再也不能朝那里去了。连累了你的舅舅，他会像劈一只麻雀一样地劈了你。

莫名的恐怖像顽石一样压在我心上。我六岁的步子开始出现了前所未有的慌乱。而那时夏天也就流水一样地漂走了，我去江边看管鞋子的美差也因秋水扎手无法刷鞋而宣告结束了。北极村开始飘扬那些像鹅掌一样金黄的秋叶，绿色在寒气中隐遁自杀。很快，上帝又把无限的雪花大方地撒向这里的山川，黑龙江开始了冰封雪冻的漫长的冬天。

我六岁的脚趾对抗着室外的寒风时竟显得那么不堪一击。

我的脚被冻坏了，冻着了的地方像猫抓心一样让人难受，奇痒无比。我躺在被窝里断断续续地听一些断断续续的故事。有一天外婆说老毛子住的房子两天不冒烟了，我的心就沉了一下。又过了两天，外婆说老毛子她死了，她的傻儿子围着一堆生土豆像野兔一样清脆地啃着。

老毛子出葬的那天早晨我趴在东窗上朝外张望。我看见零星的几个人抬着一个巨大的红棺材朝山上走去，我的外婆孤零零地站在小路上为她张扬纸钱。

我嘤嘤地哭了。

将近春节的时候，鱼汛到了。外祖父在这之前的几天就判断出了鱼来的消息，因为他听到了鱼群奔跑的声音。外婆和他早就备好了渔网、冰钎等捕鱼的工具。那个时候我被冻坏的脚趾已经基本好了，所以我就要求去江面上看大人们捕鱼。

黑龙江封冻得多么严实，我站在它面前时已经听不到它的呼吸声了。对岸的山峦起起伏伏，伐木的声音像激越的掌声一样朝我扑来。傍晚的寒气无限升腾，渔火像浪漫的菊花一样火热地怒放。我的那条英俊的傻子狗忽然朝着边境线跑去，它跑得那么勇敢、自信，我没有喊住它。我见它穿过了黑龙江，在瞬间完成了一个漫长的旅程，它得意地站在对岸的山崖下撒了一泡尿，然后它又朝我跑来。

夏天的故事我仿佛全忘却了。

我站在北极村的土地上，看见大雪一片片地降落在我周围的房屋园田上，四野一片沉寂。我们共同的天空和不同的山峦全都被一片迷蒙的白色所包围着。我六岁的头发在寒风中变得柔韧而美丽。

在这异常寒冷的时刻，我忽然听到了鸟儿的叫声。鸟声显得很稠密，说不清是什么鸟在叫，也分不清鸟声是发自此岸抑或彼岸，但我们感觉到温暖的音乐在雪天飞翔，天地在刹那间变得豁亮起来。

木器时代

木碗透出的茶香气使玻璃窗上的霜花融化了，这是外祖父撂在窗台上的一碗茶。外面北风呼号，霰雪狂飞，而木刻楞房屋里却炉火熊熊。木柴噼啪地燃烧，把热气播撒到每一个寒冷的角落。外祖母坐在灶房里用木梭子织网，家族的年轻女人则用木质的梳子绾起高高的发髻。狗、猪和鸡守着它们的木质食槽吃东西。狗将木槽子舔得光光溜溜的，使其透出木质本色；而鸡则用利喙将长形的木槽啄起一层茸茸的白毛。这时候我躺在木质的摇篮里咿咿呀呀地叫着，口水弄湿了脖子，我不时伸出手去拍摇篮的侧面，那上面画着荷花和鸳鸯的图案。大人们到江上去捕鱼，将捕到的鱼放到木盆里，然后回来用它炖汤，用木勺子唏溜唏溜地品尝着鲜美。

我爬出木质摇篮上了大炕。炕沿是木质的。炕沿上放着老人们的烟袋锅，烟袋杆也是木质的。我抚摸着烟袋杆，然后仰起头看着头顶的房梁，原木上吊着一块辟邪的红布。接着，我转过身去看涂着天蓝色油漆的木窗，可怜的蝴蝶被挡在窗外扑扇，而阳光却能带着天堂的气息越窗而入，透过玻璃爬上了墙面。夏天了。我刚学会走路，趔趔趄趄的步态惹来院子中的小动物的围观。我每一次摔倒哭泣时狗就上来用舌头舔我的泪痕，而坏蛋的鸡则趁机啄我的鞋底，因为那上面附着虫子的残尸。菜园的木栅栏像睫毛的倒影一样美丽。黄瓜、倭瓜和豆角浪漫地爬蔓时，大人们就把木杆插在垄台上，让它们张着嘴向上并且亲吻天光。傍晚的火烧云团团堆涌在西边天空时，家家户户的场院里就摆上了木桌和方凳，人们坐下来围着桌子用木筷吃饭，谈论庄稼、天气和生育。待到火烧云下去了，天色也昏暗了，蚊蚋蜂拥而来，人们就收了桌子，回屋子睡觉去。人们在梦中见到秀木在微笑中歌唱，盛着茶的木碗里有珍珠在闪闪发光。

我看见了树，秋天的树。它们的叶子已经被风霜染成金红和鹅黄色。凋零的树叶四处飞舞着，有的去了水里，有的跑了一圈却仍然又回到树下。还有的落到了我的头顶，大概想与我枕着同一个枕头说梦话。我明白那木碗、梳子、桌椅、栅栏、摇篮等等均出自这一棵棵树的身上。当我们需要它们时，就切断它的咽喉，使它们不再呼吸。森林里的伐木声因为人类欲望的膨胀就从来没有止息过。树本来是把自己的沧桑隐藏在内心深处的。可我们为了利用它的花纹却把它拦腰斩断，并且虚伪地数着它的年轮赞美它的无私。木纹被分裂，它失去了自身的语言和立场。

我走在木桥上看两岸的流水。这时一队送葬的队伍过来了。人们撒着纸钱，抬着显赫的红棺材。木为人的成长作为摇篮的材料后，又为他们归隐黄土做了永恒的栖息之所。阳光照着人们平静的脸，仿佛照着一尊尊木雕。谁的泪水滴落到河里了，河水微微地蹙了一下眉。我理解的死亡就是被木器环绕着的休息。我的祖父、外祖父和父亲都是这样选择了他们的归宿。当木桥因为流水天长日久的冲刷变朽时，我明白木是有血肉的。因为只有血肉才会软化。朽掉的木桥瘫在水里，流水依旧淙淙。我站在此岸，望着苍茫的彼岸，白雾使河水有了飞翔之感。朽了的木桥渐渐地幻化成海藻类的植物，而流水它依旧淙淙。我忆起了琴声，父亲生前拉出的琴声。小提琴的琴身是木质的，手风琴的琴键也是木质的，它们发出或者凄艳或者热烈的声音。木是多么温和呀，它与人合奏着岁月与心灵之音。

我们依赖着木器生长和休息，也依赖着它远行。火车道的枕木是它铺就的，在水上漂泊的船也是由它造就的。划着木船在河上行走，桨声清幽地掠过岸上的林带，我们看到树木翁郁地生长，夕照使其仿佛成为一座金碧辉煌的圣殿。它无可争议地成为人世间最迷人的风景。

我看见披枷戴锁的古人从梦中走来了。木被制成枷锁后使人成为囚徒。有的囚徒是冤屈的，所以那枷锁上的血泪就格外醒目。刀与剑的柄也是木制的，有人用它去作恶，木被痛苦地授人以柄。神人诸葛亮使木器在战争中的发挥程度绝不亚于特洛伊木马，他的木牛流马千古传唱。而那战争中所用的一切木器都已灰飞烟灭，因为战争永远成为和平的囚徒。

人类伴随着木器走过了一个又一个时代。树木与人一样代代相传，所以木器时代会永远持续下去。我们把木椅放在碧绿的草地上，在阳光下小憩。我们坐在书房里把一本书从木质书架上取下来，读不朽的诗句。我们把最经典的画镶嵌在木框里，使这画更接近自然和完美。我们用木勺喝汤，体味生活的那一份简单和朴素。我们用木制吊灯照耀居室，使垂落的光明带着一份安详与和谐。

所有生者的名字最终都会上了墓碑。当木质的墓碑刻上你的名字时，不朽的雨会从天而降，使你墓旁晚辈栽种的小树获得滋润。你静静地在地下听树木生长的声音吧。

为爱而告别

上帝只造了两种人：男人和女人，只这两种人，就使人间的爱情故事经久不衰。从古至今，爱情之河淹没了数也数不清的男女，在这条隐秘而永不消逝的河流上，无数凡人为它那脆弱的美丽而丧魂落魄；无数伟人也曾为它那难以遏制的闪电般的激情而如醉如痴：拿破仑与约瑟芬，邓肯与叶赛宁，艾森豪威尔与凯……

人间裸露着的河流中的全部的美丽、惊险也难以胜过这条河流的美丽、惊险。

男人和女人最初来到人间，肯定不是为了建构我们现在看到的这个世界。一种对爱情的放逐，使人间的爱情从它诞生之日起便蒙上了悲剧色彩。人不能同时跨越两条河流，这句带有浓郁宗教气息的话是针对客观而言的，在人的心灵上，是完全可以同时跨越两条河流的。其中一条永恒不变的就是爱情之河，它与另一条生命之河相伴到永远。

这世界使我们赖以生存的不仅是它的物质力量，还有它的精神力量。这种精神力量有的来源于对艺术的热爱、宗教的信仰，但更多的是源于对爱情永久的渴望。一个人可以一生都没有获得过爱情，但没有一个人一生没有渴望过爱情。爱情是人类最崇高朴素的情感，它在不断的丧失中获得新生。它在瞬间的微笑中照耀着在大地上踽踽而行的人的灵魂。

有人说"爱情如夜莺的歌唱一般婉转动人"，也有人说"爱情不过是痈疽处的一堆脓血"，还有人说"爱情是一场白日梦"，当然也会有另外一些人说"爱情的动人之处在于它的不可获得"，"爱情使天才变为蠢材"，"爱情至高无上"。

爱情……爱情……

对于一个缺乏思辨的时代来讲，爱情无异于盛宴后的残羹剩汁，爱情本真的味道已经被饕餮者在漫不经心中给不加品味地吞噬了，他们回过头来还要脑满肠肥地喟叹：爱情啊，你他妈的究竟在哪里？

金钱与权力，物欲与肉欲，这些结伴而来的现代生活的精神鸦片不仅使人性沦丧，也令爱情沦丧。在这种情况下，爱情显得那么无足轻重。是世界改变了爱情，还是爱情消失了？

人类不可能再倒退一万年，亚当和夏娃最初报告给人间的爱情消息已经失散了。尽管如此，仍然不能放弃对爱情的询问和努力。

爱情无所不在。它可以跨越时间和空间，它不分国界和种族，在世界上，它比和平更加受人渴望。它来到你的心底，你便觉得世界原本有一片宁静的湖水令你动情。

一往情深相爱到永远的爱情毕竟微乎其微，爱情在现代生活中更多地表现为失意和痛苦，尽管如此，它仍然是最令人心疼的情感。令人心疼的情感无疑是美丽的。

在我的故乡，那些看厌了夕阳的老人围在一起最爱做的就是回首往事。他们会忆起年轻时的街道、邮局、歪歪斜斜的供销社以及一些难忘的天气。但更多的时候，他们谈论的却是昔日的相好，那种朴素而亲切的与他们擦肩而过的恋情——令人回味无穷的恋情。男人会忆起女人丰腴的身段和温存的言语，而女人们则会忆起男人的脾性和力气。他们回忆的时候眼睛里跳荡着的光彩比西边天上的溶溶落日还要美丽。这些老人无疑是幸福的。他们死的时候会想，这辈子总算没白活。爱过，就没白活。

我厌恶战争，但却极其崇拜那些因战争而闻名于世的军事家。这其中包括赫赫有名的艾森豪威尔。艾森豪威尔在二次大战期间，曾热恋上了自己的司机——那个优雅迷人的凯。他们深深相爱，一面是气势宏伟的战争，一面是情意绵绵的爱河，艾森豪威尔都格外投入。然而战争终将以和平告终，而战争中的爱情不可避免地以"分手"结束。艾森豪威尔告别了依依不舍的凯，胜利归国。当艾克（凯对艾森豪威尔的爱称）对着麦克风向全世界发表他的总统就职演讲时，只有凯深深地遗憾艾克离她越来越远。当她终于获准在某一个平静的日子在著名的白宫拜见艾克时，凯面对着严肃的总统只能将那条伴随他们在英国生活过的狗撒开，那狗老态龙钟地扑向熟悉的旧主人，嗅着他身上的气息。只有这一刻，凯看到艾克眼里闪烁出了久违于她而令她心疼的光彩，她流泪了。她一生的爱都在那个日子停滞不前了。艾克死后，只有凯深深地永远哀悼着他。一个男人死后能被一个女人如此眷恋不已，那男人便是幸福的。而一个女人能从一种难以忘却的目光中体会到温暖和爱意，那女人也是幸福的。

但爱情毕竟是短暂的。从某种意义上讲，爱意味着丧失，意味着告别。

我们的生活往往缺乏想象力和激情，往往被平庸的生活所围困。世俗的一切并未与我们背道而驰，这使得我们越来越缺乏古典主义情怀。我们对着天穹看牛郎织女星，那些银河中的故事总是比现实更令人神思遐想。我们总想问上帝：让男人女人来到人间,就是让他们相爱吗?爱也会分离吗?

天地间没有回答。有的只是大雪、黄昏和微风。有的是春夏秋冬,日月更迭,由生渐老。人一代代地故去,爱情却永驻人间。那永恒而隐秘的爱情之河啊。

爱情是一种精神,精神是不死的。

我还记得初秋的一个落叶微黄的日子,我坐在一家影院看《与狼共舞》,当我对"记住,不要把你的真实想法告诉任何一个人"等等一类人物对话感到万般困惑时,影片中突然出现一种行云流水般的令人梦魂牵绕的曲子——西西里情歌。这忧郁缠绵饱含乡愁的曲子深深打动了我,一种古典主义情感从心中油然而生。我想,爱情来到心底就是这种感觉。

愿这世界情歌不绝,愿这世界的男女在回首往事时能重温旧时情怀,愿我们的告别不是因为仇恨和厌倦,而是因为爱。为爱而告别。

红绿灯下

在城市，当你走到十字街头时，往往会与红绿灯相遇。

说来好笑，我最初来到城市时，最怕的就是过街。在西安和北京求学期间，只要是有天桥和地下通道，我决不走十字街。我对红绿灯不信任，它们闪来闪去的，像是两只鬼眼，变换太快。常常是绿灯一亮，我起步走，却遭逢侧向驶来的一串汽车，它们占据了半边路，阻断你。等它们过去后，你再前行，绿灯的心房就颤动了，红灯随之亮起，你被隔在马路中央，身前身后是川流不息的车辆，有被钢铁夹击的感觉。此时我总会联想起卓别林的《摩登时代》中，那个被卡在机器中的工人，觉得自己是工业化时代的一个可怜虫。

我喜欢回到故乡，其中的一个缘由是，在乡间路上，我不会为红绿灯左右。能够阻断我脚步的，有时是一群在黄昏中归家的羊，有时是几只正午时通过堤坝、要下河戏耍的鸭子。

　　据说在交通事故中，死于红绿灯下的行人占了很大比例。闯红灯，是肇事的元凶。有时是汽车闯红灯殃及行人，有时是行人闯红灯自蹈黄泉，这样的行人无疑就是举着阎王爷掷来的招魂牌在过街。不管责任在哪一方，倒霉的总归是行人。所以家长送孩子上学的路上，在过十字街时，如临虎口，总要拉起孩子的手。在幼儿教育中，学会通过红绿灯下的街口，也成了必修课。走到红绿灯下，人的心就会紧张起来，你要眼观六路，耳听八方，稍有不慎，就会酿下惨祸。在我眼中，十字街就像匍匐在大地上的十字架，它主宰着人的生死。行人到了它面前，只能心怀虔诚，脚踏实地慢行，才会安然无恙；反之，慌里慌张，视红灯于不顾，则会遭遇不幸。

　　我到哈尔滨生活以后，习惯了走红绿灯。前些年，每当过十字街时，看见绿灯闪烁了，我会一路飞奔，分秒必争，抢在红灯敲响警钟时到达街对面。由于年轻，体力充沛，我与绿灯的赛跑很少有输的时候。当街口的行人集体闯红灯时，我也尾随其后，大摇大摆地招摇过市。汽车像一支支飞来的箭，唰唰地在我们身旁呼啸而过，可是大家对它们毫无惧色，我也心底泰然。

二〇〇二年初春，爱人离开哈尔滨时，带我去花店买花。我们到了海城街的鲜花批发市场，我选了一束红色康乃馨、几枝玫瑰。当我把玫瑰拿在手中的时候，爱人说，别老买黄色的，换点鲜艳的颜色吧。于是，我挑了两枝娇艳的粉色玫瑰。他捧着康乃馨，我拿着玫瑰，散步回家。经由红军街桥下的十字路口时，恰好赶上绿灯眨眼了，我说等下一个绿灯再过吧。爱人说，你跟着我，能抢过去的！他个子高，步伐大，很快就跑到街对面了。我呢，一见红灯亮了，腿立刻就软了，向回撤。这样，我站在街这头，他站在对面，我们中间，是一辆连着一辆疾驰的车辆。车辆汇集就像汪洋大海，把我们分开了。三天后，爱人在回故乡的山间公路上出了车祸。故乡的路没有红绿灯，可是他为了早点回到工作的地方，急于赶路，还是出了事故。他的心中，看来一直亮着一盏颤动着的绿灯啊。他是一个疯狂的旅人，只知道一刻不停地向前赶，赶，赶。这种"赶"，这种热情的"奔命"，使我们一个在此岸，一个在彼岸，永隔着万水千山。他像流星，以为自己生命的光华还很漫长，却不知道当他飞速掠过天际的时候，迎接他的却是永恒的寂静。

爱人离去后，我身边没了陪伴的人，可是路还是要走下去的。我曾在十字街头为他焚烧纸钱，都说那是灵魂聚集的地方。再经过那样的路口时，我感觉有无数的灵魂在幽幽地歌唱。远远地看到绿灯要变换了，我便会放慢脚步，在路边静心等待；人们蜂拥着闯红灯时，我也会原地不动，气定神闲地候着。红绿灯下那些步履匆匆、神色慌张的赶路人，在我眼里是那么的可怜可笑。

我想，人生是可以慢半拍，再慢半拍的。生命的钟表，不能一味地往前拨，要习惯自己是生活的迟到者。人是弱的，累了，就要休息；高兴了，就要开怀大笑。郁闷的时候，何苦要掩饰自己，对着青山绿水呼喊吧。我们可以与友人畅饮，一醉方休，也可以对那些邪恶的人当面示以唾弃；我们可以在月夜下多几分缠绵，也可以在旅途中因着美好的风景而多几日的停留。随遇而安，随缘而行。随风而舞，随雨而歌！

是的，我们要给自己多亮几盏红灯，让生命有所停顿，有所沉吟。这样的红灯，就是我们生命中不熄的火焰！只有这样，弱的生命才会变成强的生命，黯淡的生命才会变成有光华的生命！当生命的时针有张有弛、疾徐有致地行走的时候，我们的日子，才会随着日升月落，发出流水一样清脆的足音。

岁月留痕

　　文人搬家最重要的事便是整理书籍。记得一个天气晦暗的秋日午后,窗外狂舞着枯黄的树叶,我头上包块花头巾,一副挤奶姑娘的打扮,坐在地毯上清理各个角落的书籍。就在漫不经心之中,从书籍中脱落下各色书签,它们基本是自制的,有的椭圆,有的长方,但书签端头一律系着丝线。而丝线的颜色又是变化多端的:红黄蓝白粉,应有尽有。早期的书签基本用白色硬纸裁成,上面随心所欲地乱涂着现在连自己都不明白了的怪异图案。可见那是个异想天开而不乏情趣的年龄。而近些年的书签则无趣得很,有的干脆用牛仔裤的商标签来替代,可见人是越来越务实和平淡。从书籍中不仅掉下自己的东西,也悠悠飘下别人赠送的东西。如一首磕磕绊绊的小诗以及谁画的关于我的漫画头像。诗和漫画使我忆起寥寥无几的旧日朋友，而这些人都已行踪飘忽。这些旧物像死魂灵一样四处飘荡，使岁月之河又泛起阵阵涟漪。看来时光果真会倒流。最使我惬意的发现便是高中与师专时代的日记，那里面夹着许多植物标本，茎虽然干枯了，可叶脉经络却跟农民的血管一样清晰。它们颜色灰绿，可见是在最旺盛的生长期被我夹进去的。它们有的是杨树叶，也有枫桦叶和草叶。日记中还夹着蝴蝶标本，蝴蝶的羽衣有的仍然可看，那双翼的颜色还是该蓝的蓝，该白的白，好像它们从未死过一样，只是它们只能平平展展地躺在字迹稚拙的纸页中，无法飞翔。我是怎样将活的蝴蝶捉到手中，然后让一个美丽的生命凄婉地窒息于两片纸页中的呢？

  还有挥之不去的灰尘。本来自认爱洁的我在搬开大件家具后，发现到处都是累累的灰尘。每天打扫居室时，一盆清水总会成为浊水，可见凡尘的气息比严冬还凛冽。那么这灰是如何藏到隐匿的角落的呢？看来灰尘会跳舞，会唱歌，它们在你的床下与你一同做梦。你别指望把它们打扫干净，因为它们每时每刻都周游在空气中。它们进了你的肺，使你在咳嗽时觉得生之艰难；它们进了你的眼，使你看灯下的照片时目光充满温柔。如此说来，灰尘这种最具岁月色彩的东西，也值得我们喜爱。别拒绝灰尘的气息，因为它充满了人间烟火的感觉。有一处地方是没有灰尘的,那就是停尸房,它充满了福尔马林的气味,我想没人喜欢那种没有尘埃的空气。

人都说岁月不留痕迹,可在搬家的自始至终中,我最深切的感觉便是岁月留痕。我喜欢这种隐隐的痕迹,哪怕它是伤痕。

当我坐在新居宽敞的书房里即将写完这篇文章时,我又抑制不住地去翻腾那几本日记,植物叶子的标本都在,可蝴蝶标本却不知去向了。我反复翻找了几次,仍然芳踪难觅。这使我充满了好奇。它去哪里了?难道在搬家的那个重阳节的好天气中,它又激情地复活,远离我了吗?如果它复活了,现在正是虫鸣哀怨的暮秋时节,我真为它的前途担忧。早知它可能复活,我何不在融融春日搬迁呢?那样它能找到无数花朵和草地。可春天又有谁能帮我筑巢,让我能及时做新房子的主人呢?看来我们的命运只能与秋天同步。落叶萧萧,可是,可是那天空多高多远哪!

我还想,如果将来遇到最相知的朋友,便从长发中择一根青丝,当作书签,赠予朋友。这样的头发不会随着自己身体的苍老而变白,即使朋友把它丢了,它在风中流浪时也会无比青春。

房屋杂谈

人类在结束了风餐露宿、茹毛饮血的时代后，极其聪明地选择了房屋作为自己的安身之所。房屋可以遮风挡雨，可以分割成无数空间使生活变得更井然有序，于是有了卧室、厅房、厨房、储藏室、卫生间等等的格局。人类在发明房屋时最浪漫的一笔就是对窗口的设置。透过窗口，可以望见森林、原野、河流、动物、花朵、庄稼等等，更重要的是，窗口可以感知阳光和月光，因为它更多地承受了人们的睡眠，所以它也是诞生梦最多的场所。

房屋不仅仅是人的休息之所，也是人类表达情感的场所。人们需要祈祷，于是有了风格各异的教堂；人们需要歌声，于是这世界多了一些著名歌剧院的建筑。房屋在不知不觉中，已经成为人类表达自己精神气息的一种象征。我想天空的飞鸟在掠过人类居住的房屋时，一定把它们看成了人类的外衣。这外衣有新有旧，有的朴素有的华美，但它们因风格各异而显得多姿多彩。

我没有集邮的爱好，但还是比较喜欢邮政部门发行的一套很普通的大众民居图案的邮票。它十分朴素、典雅、浑和，很符合我的欣赏口味。最常见的是那种面值二十分的上海民居的邮票，灰色的青砖楼上是淡绿色的屋顶，门顶上有半月形的门楣装饰。窗格很碎，仿佛是想轰赶过分炽烈的阳光。它给人一种古老沉凝的感觉。而广西民居的设计则不一样，它看上去清俊秀丽，屋檐的斜坡长长的，仿佛那一带的人喜欢坐在屋里听雨水从屋顶滑过的声音。云南民居散发着红土高原特有的朴拙气息，它们看上去像宫殿一样古色古香。而四川民居一眼望去给人一种层层叠叠的感觉，仿佛建筑在艰险的蜀道上，房屋看上去很坚固实用，能想见里面的板凳一定是矮矮的，而茶壶则敦实硕大。这套邮票中没有黑龙江的民居，若有，我想应该是在大兴安岭漠河一带的木刻楞民居，因为走遍了黑龙江，只有那里的民居才有特点。

木刻楞房子顾名思义就是用木头垒起的房屋。它一般都很高大，房中竖有几根作为支撑的圆柱。由于漠河冬季严寒漫长，风烈雪猛，所以木刻楞房屋的外表要糊上厚厚的黄泥。这种房屋多半不用画蛇添足再加一个天棚，屋顶就算是天棚了，所以在屋中抬头仰望，看到的就是斗笠形均匀铺开的红松木，给人一种仿佛置身于森林的感觉，能嗅到木质特有的气息。房子里至少要砌两面火墙，搭两个火炉，火炉既可用来取暖，又可用来做饭。这种屋子的地面只有用木板铺就才能与房屋的气氛相得益彰。不用说，家具也都是木质的了，而且越古旧越好。人们在这样的屋子里可以高声大气地说话。从房屋的外观来看，南墙上多半挂着东北特有的蒜辫子、辣椒串、菜籽、鱼干等等，而西墙则挂着各种农具和捕鱼的工具。这样的房屋看上去非常浑厚大气，可以想见它们是多么适合喝着烧酒讲着粗野笑话的极北地区的人居住。冬季的雪花开始拥抱漠北小镇时，这些房屋就更显得无与伦比的沉静。它们在不知不觉中已经成为大自然最和谐的一部分。所以无论是在电视还是在画报上看到木刻楞房屋，都给人一种非同寻常的美感。

然而今年三月九日我因观测日全食再次回到漠河时，发现房屋发生了一些变化。新建的房子不再是木刻楞的，而是在任何乡镇随处可见的红砖房。那种长方形的、像个红棺材一样的死气沉沉的房屋。据说漠河能建这样房子的多半是比较富裕的人家，这更加使我担忧不已。因为人的生活总是往好处发展，如果这一带的人把建造红砖房视为一种时髦的话，木刻楞房屋将会在不久远的将来消失。

我讨厌红砖房那种俗气至极的色彩，它对漠北风光实在是一种破坏，它永远无法与那么纯净的大自然融为一体。我甚至这样想，如果没有了木刻楞房屋，北极村还成其为北极村吗？假若我有权力，我将下达一道命令，不许那里的人们再建造红砖房，要保持木刻楞房屋的原始基调。当生活变得越来越好时，我们更应该注意保护一个村镇的房屋的特点，从某种意义上讲，这也是对文明和文化的一种保护。

许多作家和画家都无比钟情于对房屋的抒写和描绘。普鲁斯特的《追忆似水年华》，就有大段大段的对房屋的描写，他甚至能把每一条回廊都写得光彩勃发。我所崇敬的大画家凡·高和蒙克，他们也在画中动情地描绘教堂和村镇的房屋风景。房屋像精灵一样在画面中闪烁，它有血有肉，它已经不仅仅是人类的休息之所了。有特点的房屋可以激发人的想象力。我不敢设想，如果全世界的房屋都成为一种模式，人类的文化是不是会随之急剧地倒退以至衰亡？

我们需要在房屋里休息，更需要在它的怀抱中永久地梦想。

寒冷也是一种温暖

年是新的,也是旧的。因为不管多么生气勃勃的日子,你过着的时候,它就在不经意间成了老日子了。

在北方,一年的开始和结束都是在寒冷时刻,让人觉得新年是打着响亮的喷嚏登场的,又是带着受了风寒的咳嗽声离去的。但在这喷嚏和咳嗽声之间,还是夹杂着春风温柔的吟唱,夹杂着夏雨滋润万物的淅沥之音和秋日田野上农人们收获的笑声。沾染了这样气韵的北方人的日子,定然是有阴霾也有阳光,有辛酸也有快乐。

我每年的日子,大抵是在写作和旅行中度过的。

六月,我去了梦想的国度——俄罗斯。这十几天的旅行对我的震撼很大，我记得午夜时分涅瓦河上的灿烂落日，记得红场上不熄的火炬，记得莫斯科特列季亚科夫美术馆那些深沉静美的大师画作，记得贝加尔湖上的清风和俄罗斯草原上的金黄色的雏菊。这些画面如今回忆起来，仍然让我心旌摇荡。

故乡是我每年必须要住一段时日的地方。在那里，生活因寂静、单纯而显得格外有韵致。八月，我回到那里。每天早晨，我做的第一件事就是拉开窗帘，打开窗，看青山，呼吸着从山野间吹拂来的清新空气。吃过早饭，我一边喝茶一边写作，或者看书。累了的时候，随便靠在哪里都可以打个盹，养养神。大约是心里松弛的缘故吧，我在故乡很少失眠。每日黄昏，我会准时去妈妈那里吃晚饭。我怕狗，而小城街上游荡着的威猛的狗很多，所以我走在路上的时候，手中往往要攥块石头。妈妈知道我怕狗，常常在这个时刻来接我回家。家中的菜园到了这时节就是一个蔬菜超市，生有妖娆花纹的油豆角、水晶一样透明的鸡心柿子、紫莹莹的茄子、油绿的芹菜、细嫩的西葫芦、泛着蜡一样光泽的尖椒，全都到了成熟期。不过这些绿色蔬菜只是晚餐桌上的配角，主角呢，是农人们自己宰杀的猪，是刚从河里打捞上来的野生的鱼类。这样的晚餐，又怎能不让人对生活顿生感念之情呢？吃过晚饭，天快黑了，我也许会在花圃上剪上几枝花：粉色的地瓜花、金黄色的步步高或是白色的扫帚梅，带回我的居室，把它们插入瓶中，摆在书桌上。夜深了，我进入了梦乡，可来自家园的鲜花却亮堂地怒放着，仿佛想把黑夜照亮。

如果不是因为十月份要赴港，我一定要在故乡住到飞雪来临时。

我去过香港两次，但唯有这次时间最长，整整一个月。浸会大学邀请了来自美国、尼日利亚、爱尔兰、新西兰、肯尼亚等国家和台湾地区的八位作家，聚集香港，进行文学交流和写作，这一期的主题是"大自然和写作"。为了配合这个主题，浸会大学组织了一些亲近大自然的活动，如去西贡西湾爬山，去大屿山的小岛看渔民的生活，去凤凰山以及湿地公园等。香港的十月仍然炽热，阳光把我的皮肤晒得黝黑。运动是惹人上瘾的，逢到没有活动的日子，我便穿着一身运动装出门了。去海边，去钻石山的禅院等。有一天下午，我外出归来，乘地铁在乐富站下车后，觉得浑身酸软，困倦难当，于是就到地铁站对面的联合道公园睡觉去了。别看街上车水马龙的，公园里游人极少。我躺在回廊的长椅上，枕着旅行包，听着鸟鸣，闻着花香，睡着了。等我醒来的时候，太阳已经向西了，我听见有人在喊"迟——迟——"，原来是爱尔兰女诗人希斯金，她正坐在与我相邻的椅子上看书呢。我有些不好意思，因为在国外，蜷在公园长椅上睡觉的，基本都是乞丐。

在香港，我每天晚上跟妈妈通个电话。她一跟我说故乡下雪的时候，我就向她炫耀香港的扶桑、杜鹃开得多么鲜艳，树多么绿等等。但时间久了，尤其是进入十一月份之后，我忽然对香港的绿感到疲乏了，那不凋的绿看上去是那么苍凉、陈旧！我想念雪花，想念寒冷了。有一天参加一个座谈，当被问起对香港的印象时，我说我可怜这里的"绿"，我喜欢故乡四季分明的气候，想念寒冷。他们一定在想：寒冷有什么好想念的？而他们又怎能知道，寒冷也是一种温暖啊！

十一月上旬，我从香港赴京参加作代会，会后返回哈尔滨。当我终于迎来了对我而言的第一场雪时，兴奋极了。我下楼，在飞雪中走了一个小时。能够回到冬天，回到寒冷中，真好。

年底，我收到了一份沉甸甸的礼物，是艾芜先生的儿子汤继湘先生和儿媳王莎女士为我签名寄来的艾芜先生的两本书《南行记》和《艾芜选集》，他们知道我喜欢先生的书，特意在书的扉页盖了一枚艾芜先生未出名时的"汤道耕印"的木头印章。这枚小小的印章，像一扇落满晚霞的窗，看上去是那么的灿烂。王莎女士说，新近出版的艾芜先生的两本书，他们都没有要稿费，只是委托新华书店发行，这让我感慨万千。在我们这个时代，那些垃圾一样的作品，通过炒作等手段，可以获得极大的发行量，而艾芜先生这样具有深厚文学品质的大家作品，却遭到冷落。这真是个让人心凉的时代！不过，只要艾芜先生的作品存在，哪怕它处于"寒冷"一隅，也让人觉得亲切。这样的"寒冷"，又怎能不是一种温暖呢！

时间怎样地行走

墙上的挂钟,曾是我童年最爱看的一道风景。我对它有一种说不出的崇拜,因为它掌管着时间,我们的作息似乎都受着它的支配。我觉得左右摇摆的钟摆就是一张可以对所有人发号施令的嘴,它说什么,我们就得乖乖地听。到了指定的时间,我们得起床上学,我们得做课间操,我们得被父母吆喝着去睡觉。虽然说有的时候我们还没睡够不想起床,我们在户外的月光下还没有戏耍够不想回屋睡觉,但都必须因为时间的关系而听从父母的吩咐。他们理直气壮呵斥我们的话与挂钟息息相关:"都几点了,还不起床!"要么就是:"都几点了,还在外面疯玩,快睡觉去!"这时候,我觉得挂钟就是一个拿着烟袋锅磕着我们脑门的狠心的老头,又凶又倔,真想把它给掀翻在地,让它永远不能再行走。在我的想象中,它就是一个看不见形影的家长,严厉而又古板。但有时候它也是温情的,比如除夕夜里,它的每一声脚步都给我们带来快乐,我们可以放纵地提着灯笼在白雪地上玩个尽兴,可以在子时钟声敲响后得到梦寐以求的压岁钱,想着用这钱可以买糖果来甜甜自己的嘴,真想在雪地上畅快地打几个滚。

我那时天真地以为时间是被一双神秘的大手给放在挂钟里的,从来不认为那是机械的产物。它每时每刻地行走着,走得不慌不忙,气定神凝。它不会因为贪恋窗外鸟语花香的美景而放慢脚步,也不会因为北风肆虐、大雪纷飞而加快脚步。它的脚,是世界上最能禁得起诱惑的脚,从来都是循着固定的轨迹行走。我喜欢听它前行的声音,总是一个节奏,好像一首温馨的摇篮曲。时间藏在挂钟里,与我们一同经历着风霜雨雪、潮涨潮落。

我上初中以后,手表就比较普及了。我看见时间躲在一个小小的圆盘里,在我们的手腕上跳舞。它跳得静悄悄的,不像墙上的挂钟,行进得那么清脆悦耳,"嘀嗒——嘀嗒——"的声音不绝于耳。所以,手表里的时间总给我一种鬼鬼祟祟的感觉,从这里走出来的时间因为没有声色,而少了几分气势。这样的时间仿佛也没了威严,不值得尊重,所以明明到了上课时间，我还会磨蹭一两分钟再进教室，手表里的时间也就因此显得有些落寞。

后来，生活变得丰富多彩了，时间栖身的地方就多了。项链坠可以隐藏着时间，让时间和心脏一起跳动；台历上镶嵌着时间，时间和日子交相辉映；玩具里放置着时间，时间就有了几分游戏的成分；至于电脑和手提电话，只要我们一打开它们，率先映入眼帘的就有时间。时间如繁星一样到处闪烁着，它越来越多，也就越来越显得匆匆了。

十几年前的一天，我在北京第一次发现了时间的痕迹。我在梳头时发现了一根白发，它在清晨的曙光中像一道明丽的雪线一样刺痛了我的眼睛。我知道时间其实一直悄悄地躲在我的头发里行走，只不过它这一次露出了痕迹而已。我还看见，时间在母亲的口腔里行走，她的牙齿脱落得越来越多。我明白时间让花朵绽放的时候，也会让人的眼角绽放出花朵——鱼尾纹。时间让一棵青春的小树越来越枝繁叶茂，让车轮的辐条越来越沾染上锈迹，让一座老屋逐渐地驼了背。时间还会变戏法，它能让一个活生生的人在瞬间消失在他们曾为之辛勤劳作着的土地上，我的祖父、外祖父和父亲，就让时间给无声地接走了，再也看不到他们的脚印，只能在清冷的梦中见到他们依稀的身影。他们不在了，可时间还在，它总是持之以恒、激情澎湃地行走着——在我们看不到的角落，在我们不经意走过的地方，在日月星辰中，在梦中。

　　我终于明白挂钟上的时间和手表里的时间只是时间的一个表象而已，它存在于更丰富的日常生活中——在涨了又枯的河流中，在小孩子戏耍的笑声中，在花开花落中，在候鸟的一次次迁徙中，在我们岁岁不同的脸庞中，在桌子椅子不断增添新的划痕的面容中，在一个人的声音由清脆而变得沙哑的过程中，在一场接着一场去了又来的寒冷和飞雪中。只要我们在行走，时间就会行走。我们和时间是一对伴侣，相依相偎着，不朽的它会在我们不知不觉间，引领着我们一直走到地老天荒。

晚风中眺望彼岸

　　一九九九年十二月三十一日零时，我想同其他的时刻也不会有什么特别的区别。也许一个婴儿出生了，而另一个老人却死亡了。有的国家被白雪笼罩，而有的则被洪水围困。某一朵花静悄悄地开了，而某一棵树却在雷电声中訇然倒下。河流不会因为新世纪的到来而改变方向，它依然会在淤满泥沙的旧河床中无波地流动；房屋如果不受地震、火灾和龙卷风等等的威胁，也依然会在这个一天中最黑暗的时刻负载着人类千奇百怪的梦境。新世纪在零点钟声清寂地落下后迎头而来，我想不会有人看见它头顶的曙光，因为那时对自然来讲是最沉重和黑暗的时刻。

时间绝对不会因为二十世纪的完结而脱胎换骨，它该如何循序渐进地走下去就如何走下去。我们一觉醒来，发现二十一世纪同昨日的二十世纪没有什么具体的区别，依然是陈旧的阳光照着古老的街道，卖早点的人也同以往一样眼角淤着眼屎呵欠连天地炸油条。菜摊儿前的妇女提着形形色色的菜篮子在为一家人的生计操心，而餐桌前的孩子则像雏燕一样等待家长把饭喂到他们口中。

二十一世纪就在一片庸碌声中平凡地开始了。你别指望在那个世纪之交会有数百条彩虹横空出世令你惊喜不已，也不必担心像某些预言家所讲的那样会面临灭顶之灾。地球和人类在我看来都是很皮实的东西，虽然有陨石雨、战争、饥荒、瘟疫等等不间断地折磨他们，但他们总是能够找到战胜和消解它们的方式。他们自身有着强大的免疫力。这种巨大的存在是不可抗拒的。所以我从不担心二十一世纪会像中了病毒的计算机中的资料一样消失得无影无踪，它肯定会如期来临。

像我这样出生于二十世纪六十年代的人，基本上是把半辈子扔给了二十世纪，而另外的半辈子则会在二十一世纪上奔波。在我出生时，世界就早已形成了。它轮廓分明，井然有序。人们生病了去医院，该上学了去学校，缺米面了去粮店，犯罪了去蹲监狱，看破红尘的人踏入寺庙。仿佛一切都已约定俗成。早已有人发明了汽车、飞机、电话等等便捷的交通工具和通信工具，使我们的出行和联络变得极为方便。任何一座房屋都有电灯的照耀，它随之产生了电视机、冰箱、洗衣机、组合音响、吸尘器等等靠电而为人类提供娱乐和舒适生活的工具。你几乎不用动什么脑筋，就可以安然地进入一种与世无争的生活状态。一切都是现成的，使你没有思考的余地和创造的空间。

我开始逐渐懂得国家有别，国与国之间以政治的名义又划分出了几个世界。至于国家内部的政治也是错综复杂的，所以战争既有世界大战也有国家内战。至于经济，它越来越成为人类生活最关注的话题，而直接带动经济腾飞的科学技术也备受重视。经济实力的优劣在很大程度上已经开始主宰人的精神生活，所以它不知不觉地已经渗透到政治、军事等诸多领域。而文化艺术发展到今天，仿佛最辉煌的时刻已经过去，无数的艺术大师像群星一样闪烁在茫茫夜空中，使我们只有顶礼膜拜的份。就我的狭窄视野和生存状况来看，建筑有了中世纪欧洲各国那些著名的大教堂就已经算是登峰造极了。而音乐有了巴赫、贝多芬、柴可夫斯基就够了。至于绘画，凡·高一个人就把激情的表达推到了顶点。而文学，东方有了川端康成、西方有了福克纳也足以使黯淡的天空为之一亮。

这个世界正在有条不紊地向前走着，以至于我常怀疑在它的深处埋藏着巨大的阴谋。我们的一切仿佛都已经被预定了，到处都是秩序和法则，你无法使自身真正摆脱羁绊而天马行空。所以在现实社会中，你若内心拥有自由的情感，无疑是把苦难之水倾在自己的头上。这世界需要的仿佛只是木偶，只有这样你才能毫无伤害地平静走完一生。你若对这个世界问询多了，它便会给你致命的一击。尼采是问得太多了，所以他发疯了；凡·高也问多了，他亲手割下了自己的耳朵作为代价；贝多芬也问多了，所以最后让旋律诀别了他，使他失聪而坠入一个强大的寂静的空间。还有海明威、三岛由纪夫等等，他们干脆把自己的命也问进去了。然而正是这些人，使我觉得这世界还能让人活下去。

文化艺术是靠想象力的支撑才得以发展的。想象诞生了数不清的神话和传说，使我们觉得在嘈杂的生存空间里有隐隐的光带在闪闪烁烁而令人备觉温暖。然而现在的神话和传说却难以再诞生了，那些自诩为神话的东西让人嗅到的却是一股浊重的膏药味。我怀疑人类的想象力正在逐渐萎缩。同一模式的房屋、冷漠的生存空间、机械单调的生活内容，大约都是使想象力退化的客观因素。房屋越建越稠密，青色的水泥马路在地球上像一群毒蛇一样四处游走，使许多林地的绿色永远窒息于它们身下。我们喝着经过漂白的自来水，吃着经过化肥催化而长成的饱满却无味的稻米，出门乘坐喷出恶臭尾气的公共汽车。我们整天无精打采，茫然无从。这种时刻，想象力注定是杳如黄鹤，一去不回。高科技的发展在使生活中的一切都变得极为方便和舒适的同时，也在静悄悄地扼杀人的激情。如果激情消逝了，人也就不会再有幻想和回忆，也许在新世纪的生活中，我们的周围会越来越缺乏尘土的气息，我们仿佛僵尸一样被泡在福尔马林中，再没有如烟往事可以拾取，那该多么可悲。

我对人类文明的发展进程总是心怀警惕。文明有时候是个隐形杀手。当我们结束了茹毛饮血的时代而战战兢兢地与文明接近时，人适应大自然的能力也在不同程度地下降。战争是和平的敌人，但谁能否认在战争的硝烟中诞生了无数动人的故事，而在和平生活中人们却麻木不仁？更可怕的还是道德，我们所接受的道德观基本是以伪君子的面目出现的，它无视人内心最为自由而人道的情感，而衣冠楚楚的人类却视其为美德。梁山伯与祝英台的爱情故事多么畸形，可它居然被演绎成爱情的典范。而最近轰动一时的《廊桥遗梦》，其实也无非是对传统道德观的一次最积极的维护。道德阻碍了情感的融合，人解决不了这个矛盾，于是就诗情画意地让他们死后的骨灰相会在清风荡漾的罗斯曼桥下，这有多么残酷。我们不应该为这个令人肝肠欲碎的爱情故事而流泪，而应该为人类情感所处的尴尬处境而痛哭。对人而言，以道德来压抑幸福和情感，这世界还有什么值得令人动情的事物而让人赖以生存呢？

每当我想起这些时，内心便有一种深深的恐惧和绝望之感。任何独辟蹊径的生活方式便也就屡屡遭世人的责难和白眼，所以幸福的获得是辛酸的。我非常崇敬卓别林，因为他最为深刻地理解了幸福，那就是有代价的幸福。所以他的喜剧作品让人笑过之后充满凄楚，从某种意义上说，他的作品也就是悲剧作品。我记得他曾经复述过这样一个故事：一个侍者端着盘子笑吟吟地走进餐厅，突然被一片香蕉皮给滑倒了，于是狼狈地倒在地上，众人见状便大笑起来。卓别林认为跌倒并不引人发笑，引人发笑的是一个人在瞬间由快乐而突然坠入了忧伤。他的这种理解使我觉得卓别林是一个参透了人世间酸甜苦辣的艺术大师。被辛酸浸淫着的幸福，一定像洒满晨露的蓓蕾一样让人心动。我不知道自己的一生能否获得这样的幸福，因为它到来的过程充满桎梏，实在像船行进在浅滩中一样艰难。

　　我们站在动物园里看到被关在铁笼子中的老虎时总是充满同情。因为它威风扫地，懒洋洋如肥胖的家猫。可我们却并不知道，我们自身的处境同它一样，只不过我们的笼子是巨大而无形的。我们的激情也如同老虎的威风一样正成为昨夜长风。二十一世纪能真正给予我们一些什么？更高更新的科学技术？如秋水一般波澜不兴的和平？只有教堂而没有监狱的空间？再没有了吸毒者和卖淫者，人人都成为了彬彬有礼、深有教养的文明人？倘若人类果真发展到这种境界，世界还成其为世界吗？我怀疑那时候人恐怕连自杀的勇气都丧失殆尽了。

我太喜欢有个性的生命了，因为他们周身散发着神性的光辉。所以我对克隆羊的诞生深恶痛绝，因为它的出现是对共性生命的认同而却对个性生命充满了蔑视和讽刺。可以同一模式复制的生命在我看来就不是生命。生命是多元化的，所以他们的身上能产生绚烂多彩的幻想。人类生命之所以能顺利延续下来，也许并不仅仅在于生育（它充其量只是诞生人的一种方式和手段），而在于绵绵无尽的幻想。如果问我这世界有什么东西是不朽的，我会毫不犹豫地回答：是幻想。幻想使内心最深切的渴望与现实拉近了距离，它在某种程度上达到了沟通的目的；幻想使你最为看重的价值在瞬间得到了认同；幻想能够融化一座巍峨的冰山，能够使河流出现彩虹般的小舟。幻想在幸福与痛苦夹峙起来的深谷中像鱼一样坚韧地浮游，它在你的双足无法抵达的地方，却将你的心拴上浪漫的丝线牵掣到那里。所以幻想是人生存下去的最有力的支撑和动力。我想二十一世纪的人类只要还保有幻想，仍然会充满无限的生机而使文化艺术的源流不致过早枯竭。

最初开始写作的时候，我的内心总有一种骚动不安的感觉，你每时每刻都处在激动之中，以为自己正在笔下创造出诗意的生活。那一时期最喜欢的作家便是屠格涅夫和川端康成，他们笔下的风景和人物很容易与我身处的极北环境达成和谐。那时总觉得与周围的人际关系有着巨大的隔膜，与世界格格不入。十几年过去，当我步入中年后，我才明白那其实是青春期的一种可爱的骚动，它带着许多自以为是的虚荣，而与朴素的艺术背道而驰。生活本身就是最好的老师，它会在不知不觉中把你引向真正的人生之旅。现在我不太喜欢屠格涅夫了，因为他笔下的悲剧人为的痕迹太浓，而且弥漫在作品表层的诗意氛围太明显。但我仍然欣赏川端康成，我认为只有他真正代表了东方精神。所以从某种意义上说，学贯中西的人只能成为大学问家，而很难成为大艺术家，因为艺术需要那些偏颇而又棱角分明的人的净化和完善。学问不需要极端，而艺术往往需要，也许这是我个人理解上的偏差。

文学在未来的世纪中还会不会有巨大的高峰出现？我看可能性不大。因为文学不像科学技术，未知的领域仍然很广阔，只要有了新发现就会轰动全球。文学是靠话语来维系和表现的，而话总有说尽的时候。但我仍然对它满含敬意和痴迷，因为它毕竟是使我能够平静跨入新世纪的一把雪亮的钥匙。它虽然如晚风一样令你难以看清，但毕竟你能感觉到它温柔的抚摸和沁人心脾的爽意。而其他的事物绝对没有给我如此经久不衰的激情。我身处香火缭绕的寺庙中叩头祈祷的一瞬，内心里满是人间烟火的事情，脱离凡尘于我来讲似乎是不太可能的事情。也许正因如此，我极其恐惧未来世纪的人间尘土气息会在道德和文明的挤压下越来越淡薄，如一棵树经过持续不断的修剪后，规规矩矩地僵直地立着，再没有屈曲盘旋的虬枝能给人制造变幻的阴影和遐想，那么即使这树下仍有极小的一块阴凉，我们也不情愿靠在它的身下休息。虽然我明白幸福的获得是辛酸的，但我依然热切地渴望它，渴望它能像一场意外的雨一样淋湿我、滋润我，哪怕它姗姗来迟呢！我是不是过于贪婪了？

英国哲学家罗素认为，中华民族是全世界最富忍耐力的。他认为白种民族都迷恋战争、掠夺和毁灭。此种观点在辜鸿铭的文章中也有体现。辜氏认为："在中国，战争是一种意外事故，可是在欧洲，战争则是一种必需。"他们几乎不约而同地认为是孔教赋予了中国人儒雅而安静的性格。而我却在想另外的问题，当我们避开战争的时候，我们在享受和创造出些什么？欧洲在流血，而我们却在抽吸他们送上来的鸦片。这种忍耐力又有什么值得称颂的呢？我们是一个太容易在出生时就安排好归宿的民族，所以我们的自由精神和创造力总是显得那么贫弱。儒教的最大弊端在我看来就是扼杀人的激情。

二十一世纪即将来临了，伫立在本世纪的晚风中，我希望新世纪依然有我们这个世纪所喜欢和所憎恨的事物，它们仍能带给我们种种复杂的情感。如果我不能置身于鱼群飞舞、星汉灿烂的环境，就让我的心灵抵达那里。我将随着那些方方正正的优美的汉字一同继续新世纪的漫漫旅程。

原来姹紫嫣红开遍
——关于年货的记忆

我对年货的记忆,是从腊月宰猪开始的。

三四十年前,大兴安岭山林小镇的人家,没有不养猪的。一般的人家是春天抓猪崽,喂上一年,不管它长多大,进了腊月门,屠夫就提着刀,上门要它们的命了。猪挨宰时嗷嗷叫着,乌鸦闻着血腥味,呀呀叫着飞来。不过好的屠夫,会让它连一滴血都尝不着。血被接到盆里,灌了血肠吃了!猪被大卸八块后,家家会敞开肚子吃顿肉,然后把余下的作为年货,存在仓房的大木箱里。怕它风干了味道不好,人们在储肉箱里撒上雪。大兴安岭不趁别的,就趁雪花,你想撒多少就撒多少。有的人家图省心,干脆把肉埋在院子的雪堆里。可是吃的时候去拿，发现肉少了！在黑夜里做强盗的不是人，而是那些会捣洞的黄鼠狼！它们有拖走东西的本事。

有了猪肉，除夕夜的肉馅饺子就有了主心骨。可光有肉还不行，那夜的餐桌上，还必须有鸡，有鱼，有豆腐，有苹果，有芹菜和葱。鸡是"吉利"，鱼是"富余"，豆腐是"福气"，苹果是"平安"，芹菜是"勤劳"，葱则是"聪明"，这些一样都不能少！过年不能吃酸菜，说是"辛酸"；白菜也不能碰，说是"白干"。

腊月宰过猪，就得宰鸡了。宰猪要请屠夫，宰鸡一般人家的女主人就能做。鸡架在霜降时，就从院子抬进了灶房，跟人一起生活了。这些过冬的鸡，基本都是母鸡，养它们是为了来年继续生蛋，而鸡架的大公鸡，不过一两只，主人留它们，是为了年夜饭，所以只能活半冬。公鸡死后，我们会把它身上漂亮的羽毛拔下来，以铜钱为垫，做鸡毛毽子，算是女孩子献给自己的年礼吧。

年三十餐桌上的鱼，通常是冻鱼，胖头鱼、鲅鱼、刀鱼之类。这是供给制时代，能够买到的鱼。做鱼不能剁掉头尾，说是"有头有尾"，年景才好。女主人的菜刀要是不慎伤及头尾，就会很慌张，担心未来的日子起波折，所以过年时的菜刀不敢磨得太快。在鱼身上，除了防菜刀，还得防猫。闻着腥的猫，两眼放光，你一不留神，大半条鱼就被它消灭了！所以很多人家的猫，这时会被关在小黑屋。人在过年，猫在受苦，它的忧伤可想而知了。

有没有吃到鲜鱼的可能呢？那得看家中男主人捕鱼的本领和运气了。在冰河凿口冰眼，下片渔网，有时能捕到葫芦籽和柳根鱼。这类鱼都不大，上不了席面。谁要是捉到鲇鱼和花翅子，那就是中了彩了！这种能镇得住除夕宴的鱼，会让从冰河回家的男主人腰杆挺直，进屋后有老婆的热脸迎着，有热酒迎着。当然，晚上吹灯后还有热炕头的缠绵迎着。只是这样走运的男人很少，绝大多数都是如我父亲一样的人，空手而回。

比起鲜鱼，豆腐就很容易获得了。我们小镇有两爿豆腐房，得到豆腐除了用钱，还可用黄豆换。一般来说，换干豆腐，比水豆腐用的黄豆多。男人们扛着豆子去豆腐房时，你从他们肩上袋子的大小上，就能看出这家过年需要多少豆腐。莹白如玉的水豆腐进了家门，无非两种命运，一种切成小方块进了油锅，炸成金黄的豆腐泡，另一种则直接摆在户外的木板上，等它们冻实心了，装进布袋，随吃随取。

除夕宴上的葱，是深秋储下的。葱在我眼里是冬眠的菜蔬，它在零下三四十摄氏度的严寒中，看似冻僵了，可是进了温暖的室内，你把它扔在墙角，一夜之间，它就缓过气来，腰身变得柔软了！又过几天，它居然生出翠绿的嫩芽了，冻葱变成水灵灵的鲜葱了！至于芹菜，它也来自园田，不过它与葱不同，要是挨冻，就是真的冻死了！芹菜秋天时割下来打捆，下到户外的菜窖里。两三米深的菜窖，储藏着土豆、萝卜、大白菜等越冬蔬菜，芹菜就和它们同呼吸共命运了。不过芹菜没有它们耐性好，叶片很快萎黄，幸而它的茎，到年关时没有完全失去水分，仍然能做馅料。我小时一听大人们骂架，诅咒对方下地狱时，我就想，地下有什么可怕的，冬天时漫天飞雪，地窖却是春天呀！

年夜饭中唯一的冷盘，就是苹果了。苹果可用鲜的，也可用罐头的。我们那时更喜欢罐头的，因为它甜！这两种苹果的获得，都是在供销社，拿钱来买。除了买苹果，我们还要买烟酒糖茶，花生瓜子，油盐酱醋，冻柿子冻梨。最重要的是，买上一摞新碗新盘子，再加一把筷子，意谓添丁进口，家族兴旺。

在置办年货上，家中的每个人都会行动起来，各司其职。主妇们要去供销社扯来一块块布，求裁缝裁剪了，踏着缝纫机给一家人做新衣。腊月里猪的嚎叫，总是和着缝纫机的嗒嗒声。缝纫机上的活儿忙完了，她们还得蒸各色年干粮，馒头、豆包、糖三角、菜包等等。馒头这时成了爱美的小姑娘，女人们会用筷子蘸着印泥，在正中央给它点上一枚圆圆的红点，那是馒头的眉心吧。除了这些，她们还要做油炸江米条和蕉叶子，作为春节的小点心。

那些平素淘气惯了的男孩子，这时候也得规规矩矩地忙年。他们负责买鞭炮，买回后放到热炕上，让它干燥着，这样燃放起来更响亮。他们得拿起斧头，劈一堆细细的松木杵子，让除夕夜的灶火旺旺的！他们还要帮着大人竖灯笼杆，买来彩纸糊灯笼。不过在我们家，糊灯笼是我的事情。因为我是元宵节天将黑时出生的，父亲送了我一乳名"迎灯"，家人认定我的名字中有光明，糊灯笼非我莫属。不过我糊灯笼是讲条件的，那就是提前享用油炸小点心，虽然母亲不情愿，但为灯笼着想，只得依从。我给圆圆的宫灯糊上一圈红纸后，会用金黄的皱纹纸，为它铰上飘逸的穗子，粘在灯座上，让灯长出金胡子！

那时还没有印刷的春联，作为校长的父亲，因毛笔字写得好，腊月里就有很多人家求他写春联和福字。人们送来红纸，我帮着裁纸，父亲挥毫。写好一副，待墨迹干了，就把它卷起放到一边，写另外一家的。有时父亲让我编写春联，他也采纳过一副，是贴在仓房上的，记忆中我把他的小名"满仓"嵌了进去。父亲写完春联，会给我们做一盏用木座和罐头瓶子做成的灯。为了获得完美的灯罩，他得从户外捡回挂着霜雪的罐头瓶，然后飞快地将一瓢热水浇下去，这样它的底儿就会砰然脱落。当然，取灯罩并不容易，有时一瓢热水下去，它整个碎了，只能弃了；有时那罐头瓶子如烈女一般，热水泼来，依然故我。父亲只得再跑回雪地中,去翻找罐头瓶子。

小年前后,我会和邻居的女孩子搭伴,进城买年画。好像女孩子天生就是为年画生的,该由我们置办。小镇离城十几里路,腊月天通常都在零下三四十摄氏度,我们穿得厚厚的,可走到中途,手脚还是被冻麻了。我们知道生冻疮的滋味不好受,于是就奔跑。跑得快,血脉流通得就快,身上就不那么冷了。我们跑在雪地上的时候,麻雀在灰白的天上也跑,不知它们是否也去购置年画。天上的年画,该是西边天绚丽的晚霞吧!进了城里的新华书店,我们要仔细打量那一幅幅悬挂的年画,记住它们的标号,按大人的意愿来买。母亲嘱咐我,画面中带老虎的不能买,尤其是下山虎;表现英雄人物的不能买,这样的年画不喜气。她喜欢画面中有鲤鱼元宝的,有麒麟凤凰的,有鸳鸯蝴蝶的,有寿桃花卉的。而父亲喜欢古典人物图画的,像《红楼梦》《水浒传》故事的年画。母亲在家说了算,所以我买的年画,以她的审美为主,父亲的为辅。这样的年画铺展开来,就是一个理想国。

买完年画,我们会去百货商店,给自己选择头绫子、发卡、袜子、假领子,再买上几包红蜡烛和两副扑克牌。那时我们小镇还没通电,蜡烛是家里的灯神。任务完成,我们奔向百货商店对面的人民饭店,一人买一根麻花,站着吃完,趁着天亮,赶紧回返。冬天天黑得早,下午三点多,太阳就落山了。

想在天黑前到家，就要紧着走。我们嘴里呼出的热气，与冷空气交融，睫毛、眉毛和刘海染上了霜雪，生生被寒风吹打成老太婆了！不过不要紧，等进了家门，烤过火，身上挂着的霜雪化了，我们的朝气又回来了！

人们为自己办年货，也为离世的亲人办年货。逝去的人，未必坟茔就在近前。所以小年一过，小镇的十字路口，会腾起团团火光。人们烧纸钱时，不忘了淋上酒，撒上香烟。年三十的饺子出锅后，盛出的头三个饺子，要供在亲人的灵位前，请他们品尝。

我小的时候，父亲和爷爷都在时，我们只在十字路口为葬在远方的奶奶烧纸。爷爷去世后，除了给奶奶买下烧纸，爷爷那里也得备一份了。等我长大成人，父亲过世了，母亲预备下的烧纸，就比往年厚了。待到十年前我爱人因车祸离世，我回故乡过年，在给爷爷和父亲上过坟后，总不忘了单独买份烧纸，在除夕前夜，在我和爱人无数次携手走过的山脚下的十字路口，为回归故土的他，遥遥送上牵挂。火光卷走了纸钱，把我留在长夜里。

我快五十岁了，岁月让我有了丝丝缕缕的白发，但我依然会千里迢迢，每年赶回大兴安岭过年。我们早已从山镇迁到小城，灯笼、春联都是买现成的，再不用动手制作了。我们早就享用上了电，也不用备下蜡烛了。至于贴在墙上的年画，它已成为昨日风景,难再寻觅其灿烂的容颜了。我们吃上了新鲜蔬菜,可这些来自暖棚的施用了化肥的蔬菜,总没有当年自家园田产出的储藏在地窖里的蔬菜好吃。我们的生活变得越来越便利,越来越实际,可也越来越没有滋味,越来越缺乏品质!

我怀念三四十年前的年,怀念我拿着父亲写就的"肥猪满圈"的条幅,张贴到猪圈的围栏上时,想着猪已毙命,圈里空空荡荡,而发出的快意笑声;怀念一家人坐在热炕头打扑克时,为了解腻,从地窖捧出水灵灵的青萝卜,切开当水果吃,而那个时刻,蟋蟀在灶房的水缸旁声声叫着;怀念我亲手糊的灯笼,在除夕夜里,将我们家的小院映照得一片通红,连看门狗也被映得一身喜气;怀念腊月里母亲踏着缝纫机迷人的声响;怀念自家养的公鸡炖熟后散发的撩人的浓香;怀念那一杆杆红蜡烛,在新旧交替的时刻,像一个个红娘子,喜盈盈地站在我家的餐桌上,窗台上,水缸上,灶台上,把每一个黑暗的角落都照亮的情景!

可是这样的年,一去不复返了!在我对年货的回忆中,《牡丹亭》中那句最著名的唱词:"原来姹紫嫣红开遍,似这般都付与断井颓垣!"不止一次在我心中鸣响。好在繁华落尽,我心存有余香,光影消逝,仍有一脉烛火在记忆中跳荡,让我依然能在每年的这个时刻,在极寒之地,幻想春天!

斯人独憔悴

昨日不是春天,
但却有落英无数。

宁静的辉煌

  读书带给人的好处并不是只言片语就能说尽的。这个世界留给我们的最巨大的遗产不是高技术文明所带来的一切生活上的便利和好处,而是群星一样灿烂地照亮夜空的丰富的文化宝库。书籍便是其中最为持久明亮能够照耀我们生命的星辰。

  书籍是无声的音乐、是绚丽的绘画、是巍峨的建筑,因为只有它才能纳百川于一海,才能包罗万象,才能将历史活生生地再现在人们面前。书籍能让我们感受到已逝世纪的灯火、黄昏、繁荣和颓败,书籍也能告诉我们这个世界正在发生的我们无法涉足的鲜为人知的故事。书籍将人类自身无法逾越的障碍和局限揭示给了我们,而且毫不保留地将人的痛苦、幸福、愉悦、悲伤、烦闷、绝望、矛盾种种复杂心理启示给我们。从这个意义上说，我们无法离开书。

我真正接触书是在上大兴安岭师专之后。在此之前，我同偏远山区的大多数孩子一样，最大众的语文课本便是所能读到的全部的书，而且并不知晓这世界竟留存着浩如烟海的好书。我在师专学中文专业，课程不紧，有大量的读书时间。学校的图书馆藏书有限（可在当时的我看来，那图书馆里的书够丰富的了），我开始读莎士比亚的戏剧，读罗曼·罗兰的作品（他的《约翰·克利斯朵夫》几乎为大多数同学所喜欢），读拜伦、雪莱、普希金的诗，读托尔斯泰、高尔基、狄更斯、海明威、鲁迅的小说。这些作品给我展现了一个丰富多彩的世界和人生，我从此爱上了读书。

大约最初的读书者都是由读名著开始的。《红楼梦》《三国演义》《钢铁是怎样炼成的》《牛虻》《战争与和平》《远大前程》《红与黑》等等。而有时也读一些未必就是最好的书，但是这种读书的积累过程却也是必需的。离开大兴安岭后，我又辗转于西安、北京求学，尤其是在北京读研究生的三年时间里，我读了更广泛的书，而且已经开始有所选择和挑剔地读书。读过陀思妥耶夫斯基的作品，才觉得学生时代为我所珍爱的屠格涅夫作品的简单，他因为唯美而显得苍白，而陀思妥耶夫斯基却是经久不衰的。读了郁达夫的作品，我则萌生了应该重写中国现代文学史的念头，郁达夫应该在其中占有重要的独立的特殊的一席，因为他的精神成就在同时代的作家中是独一无二的。可惜这只是我个人的想法，对文学史的撰写永远是学院派教授能领衔担纲的事。我还喜欢读艺术家的传记，如《凡·高传》《莫扎特传》《海明威传》《蒙克》《红磨坊》等等，艺术家苦难的生活和艺术之路给我的精神生活以极大的滋养和激励。

商品大潮的层层冲击，使得教育也受到了空前的波动。人们变得越来越务实了，快餐文化应运而生，但它如同一次性消费的餐巾纸一样时髦却又简单轻薄。许许多多的青年嘴里嚼着口香糖，走在商业广告牌林立的大街上，哼着港台流行歌曲的旋律；乏味空洞、软化人们精神气质的多集室内电视连续剧占据着我们的黄金时间。书籍因备受冷落而蒙尘，这种时刻，我越发觉得读书对一个人的重要，也越来越觉得教育对于成长的重要。

我是多么希望中学生朋友们能在闲暇唱卡拉OK和玩电子游戏机的同时也读一些书，书的功能不是一吃即灵的特效药，书是雨露、阳光和好空气，它给人带来的益处是悄悄来临的。别小看那一本本无言的宁静的书，一旦迷上它，你会为那无与伦比的辉煌所叹服的。

保护文字

　　当我们翻过无数春天的山岗，手中捧满鲜花，突然出现在冰山脚下的时候，我们才明白鲜花和春天是如此黯淡。我们的脚下是曾经产生过语言艺术的土地，沧海桑田的土地，景色巍峨。对着这种景色，我们才明白文字的有限已经无法把所有的景色尽收眼底，文字只能以它最丰富有机的组合再现一片风景，它只能最大可能地起到窗口的作用。

　　我们站在窗口，窗外是无限的景色。我们的视力和窗口的面积使我们看不到更广阔的事物。我们掌握着零零碎碎的文字，但正是这些散杂的文字，使我们有要说话的欲望。我们坐在窗前的桌子旁，也许就是桌子对面一把白色或者金色的椅子上，用笔抒写那派落日的晚景。

　　我热爱文字始于今年。文字的色彩、韵律、形态朴素而艳丽地出现在我的观察角度中。它们并不是我手中那些简单的积木，靠积木我们是永远无法建筑语言大厦的。它们是一群有声有色有性格的活的生物，充沛的生物。它们冷静、孤独、韧性而桀骜。它们不会皈依艳俗的风景，尽管它们常常被无知的笔给无常地拉入那一行列。它们属于它们自己，原始的朴素气质，纯净而优雅。我们只有在心灵与它们的心灵共鸣的时候，它们才会突出它们的本质特征，并且大放光彩，唯有这个契机。

　　我常常在夜晚时产生愧疚情绪大都是因为面对我的作品。我时而意识到我使许多文字受了委屈，我践踏了它们，它们沉默无语地站立在我为它们设置的囚笼中。不需要做太远的回顾，只要稍稍思索和回忆一下我们大家熟悉的唐诗宋词，我们就可以感悟到汉语的文字发展到二十世纪末被文学给堕落到何种地步。我们在讲究重视文字的时候更多地出现了造作和矫饰，而在追求行文的行云流水的时候又难免坠入平淡和干瘪。这是我们功力不足所导致的文字困境。我们必须面对这个困境，坐在窗前的椅子上，一心一意地筛选风景，使白纸上的笔墨更接近纯粹，这是一个必须做而且很难做的艰苦的工作。

　　产生语言垃圾的过错并不在于文字，就同导致一幅失败的画不是因为色彩的道理是一致的。从这一点讲，色彩由于其品种的单调而又要体现无限丰富的内容，是最容易达到极致的状态，因而画家更容易疯狂，更容易陷入迷恋状态。比较而言，文学家的宁静度和自由度更宽广一些。但也正是由于不够珍视这宽广而导致了放纵和挥霍。极大地浪费文字和曲解文字使许多充满虚荣气息的作品俯拾即是，我自己在这方面也是相当令人害羞的。那些无法否认的过去作品的痕迹向我展览着那些虚荣，让我深刻记忆和警惕自己。只有自己的过错才是敌人。

当有一个午后我从睡眠中醒来，躺在床上，看着墙壁上友人赠送的那幅具有壁画性质的图画，然后我再拿起一本书，读着许多让人无法忍受的文字时，我突然自言自语地说"我太喜欢文字了"。这听起来有些矫情，然而的确如此。文字，它最终能成为我们热爱文学的最直接的因素，那时候文学可能更具有它的特质，一切浮华的东西最终只能是落花流水随着去。

在我们这个历史悠久的文明古国里，许多文物在享受着隆重保护的待遇。我曾在沿海地区见到一艘北宋时期的商船。那是一艘沉海的商船，它被发掘出来的时候形体完好，船上面还装着陶器和香料。这艘古朴黯淡的商船如今拥有一个很大很高的展厅，我们从这里嗅着历史曾经有过的繁荣气息。我想，我们的祖先在龟甲和兽骨上镌刻并且留传下来的文字，也的确应该是受保护的年代了，这对文学家尤其重要，但愿这不是危言。

斯人独憔悴

　　创作是一个自我完善的过程。

　　每个人都有独具个性的生命存在方式,每个人都尽可能地在生活的各个领域中比较充分地去实现自己的价值。我当然也未能免俗。我毕竟不是那种看破红尘、归隐山林的空空道人,我是一个喜欢遍尝人间酸甜苦辣滋味的平凡女子,因而我活得普普通通,从而也决定了我在创作中要再现那些普普通通的生活和平凡的人生。

　　细细算来,从我开始小说创作至今所发表的三十万字作品,百分之九十九都是写下层人的生活的。这一回顾连我自己也略为吃惊。我想,除了我对下层人民所注入的那种深切同情之外，毫无疑问，还因为我本身就生活在那种环境之中。抑或说成是对自我的同情和发现。

我出生在北极村漠河，在那里度过了我孤独寂寞的童年时光。那里有我的外婆和外祖父，他们曾经给我讲过许许多多的民间故事。我现在还常常回忆起当年讲故事的情景来。

晚饭过后，农人家里忙过了该忙的事情，就要聚在一起谈天说地。生活太单调，他们疲惫的呵欠声常常同日头一起落山。而且，那里一年难得看上一场电影，那么，晚饭之后的茶水和故事就是生活中最好的消遣了。每逢这个时刻，我就带着我心爱的狗（它叫傻子，后来我把它写入第一部中篇小说《北极村童话》），和它一起挤入听故事的人中，直听得心儿不知飞到哪里，仿佛魂都丢了似的。

那便是我最早的启蒙文学。它不是唐诗宋词，而是来源于民间的那种质朴而又奇诡、光怪陆离的故事。

于是，在我十九岁那年坐在夕阳西下的窗前，看着天边飞涌的那一团团金色的晚霞的时候，我的耳畔仿佛徐徐飘来一阵轻柔而悠远的牧笛声，我仿佛在绚丽的晚霞中又看到了童年生活的每一个片段，看到了我善良的外婆和慈祥的外祖父，看到了初春时节青凛凛地开在原野上的小黄花，我的心难以平静，我开始断断续续地记载了我的童年生活，二十岁那年把它整理成中篇小说，发表在一九八六年第二期的《人民文学》上。

从此，我真正走上了文学创作的道路。

这实在不是一条坦途，这实在不是一个美差。从那时起，无名的烦恼和永久的忧郁似乎就像影子一样跟在我身后，不再分开。

我需要读大量的书来丰富自己的心灵，我需要走南闯北去看世界，而时间和日常琐事又常常打乱我的计划。因为我是凡人，我要做凡人所要做的一切。而人的精力毕竟又是有限的。

因而我的创作有它不可否认的局限性和狭隘性，它还没有达到从一个宏观领域的高度去把握和观照生活的那种让人叹服的洞察力。

必须承认，我将来如果不超越自己，只是在我的童话世界里流连忘返，那么我的艺术生命也就终止了。而超越自己是多么艰难。它要养精蓄锐几时、苦苦求索几时，才能获得一个瞬间的辉煌。

但我仍要孜孜以求那辉煌。不管它最终实现与否。

前段时间，我读了一本好书，名为《没有讲完的故事》，是美国著名现代舞创始人伊萨多拉·邓肯的学生玛丽·台斯蒂所著的。书中较为详尽而深切地回忆了作者与邓肯在一起生活的片段。当我读到最后一节《伊萨多拉之死》时，我完全被震撼了！

她在驱车迎风之时，曾经伴她翩翩起舞的美丽的红披肩飘扬而起，一直卷到汽车后面的轮胎中去。于是她的脖子被紧紧缚住，一个美丽的灵魂就从凡间渡入天堂。那红披肩像一道华美的流苏，为邓肯的艺术生命画上了一个圆满辉煌的句号。

而更为奇妙的是，她在临死的前两分钟，与她的学生分手之时，曾经潇洒地预言："再见——我的朋友！我上天堂去了！"

而这预言转瞬即成了现实。是神灵的启示，还是潜意识的光明？我们永远说不清楚。但我们都知道，邓肯的死是壮美的。她完全与艺术相融为一体。她是一个伟大的悲剧型天才。而这种敏感的天才艺术家，在生命中必然要历经感情的磨难，直到她死亡的那一刹那。

所以，要做一个艺术家，要有足够的勇气。要有充分的向生活向命运挑战的意识，要有生活在凡人之间而又有别于凡人的那种艺术特质。

我便联想起了自然对人的那种心灵感应。

一九八四年冬天，我回故乡，是隆冬的傍晚时刻。晚霞很灿烂，但冰雪丰莹。世界是那么沉静，我的故乡也是那么沉静。它好像早早就进入了沉沉的梦乡，我想起了在大兴安岭这片古老森林中永远睡去的祖父和许许多多的父老乡亲，想起了他们吆牛的声音和对生之艰难的那种不屈的隐忍。他们的形象在我眼前立刻栩栩如生。我便又联想起了另一个传说。据说我故乡过去的名字叫大固其固,它是满族语,意谓"有大马哈鱼的地方"。大马哈鱼在故乡的呼玛河中就可以捕到。呼玛河是黑龙江的支流,而黑龙江之上尚有更广阔的鄂霍次克海。其实,海才是大马哈鱼的故乡。每年春季,成群的大马哈鱼从鄂霍次克海涌入黑龙江,再奔入喧嚣的呼玛河产卵。但我故乡的亲人中很少有人知道大马哈鱼是这样来的,就如同他们不知道外面的世界一样。他们仍然固守着那种原始古朴的生活方式的习俗,于是,一种审视父辈的意识在我头脑中油然而生。很快,我把它完成为短篇小说《沉睡的大固其固》。在那里,我第一次扬弃了五彩缤纷的牧歌式的情调描写,而是真实冷静地剖析了我故乡人的心理特征。尽管这种尝试并不是很成功,但在我个人创作历程上,却是一次小小的超越。

我把这种超越的契机归结为自然的启示。

但是人是无法完全超越自己的。今年五月,有幸去福建参加一个笔会,在泉州附近的静峰寺山上,我看见了弘一法师的手书遗言"悲欣交集"四个字。据说,他的出家一直是个谜,他出家后他的妻子曾跪在寺门外三天三夜,眼泪哭干了他也不动一丝恻隐之情。我以为他伟大。而他临终的遗言却使我对他的伟大产生了怀疑。因为真正的出家人,无所谓悲,无所谓喜,而他生命之终极之时,仍能感受到"悲欣交集",可见是凡心难泯,他未能来一个彻底的超脱留与后人传说。

但我左思右想，仍然认为他是伟大的。他的伟大便在于他把自己难以超拔的心态毫不保留地馈予人间，还给人间一个真实。他便是不朽的了。

在将要结束这篇文章的时候，我又想起了一个故事，是法国著名作家巴尔扎克写作的故事。巴尔扎克作为现实主义艺术大师，留给人间的十部不朽的作品，早已闻名世界。他一生中唯独喜欢咖啡。每逢写作之时，他总要把咖啡壶放在写字桌旁，一杯一杯地饮下去。他创作的欲望和情绪在膨胀，而他的身体却在一天天地垮下去。丰富的精神生活把它推到一个波涛汹涌的极致的境界，可渐渐衰竭的体力却把一个血肉之躯慢慢地推向上帝的虎口。

于是我想，创作是一种自我完善的过程，同时也是一种自我销蚀的过程。

我们要完善自己，因而不怕销蚀。

昨日花束纷纷

我坐在桌前，面对一面镜子和一杯白水开始写这篇文章。我的心现在很宁静，而当一种超然的宁静束缚着一个年轻女孩子捉笔伏案时，那么原野上的呼吸将离她越来越遥远。她在切近什么的时候，又在被另外的东西远远地抛弃。

我常常沉湎于一种又一种的故事的设想。所有设想的结果都令我忧伤。我察觉出自己有时是在有意无意地制造忧伤，并且从中感受到一种畸形的美丽，这种东西一旦成为一种习惯，就跟习惯性流感一样可怕。

我小的时候十分喜欢去采野花。在大兴安岭夏季的草甸子上，你可以采到几十种绚丽多彩的野花。我最喜欢野甸子上的黄花。因为这种花看起来格外明亮格外动人。我把它采摘下来，抱在怀中，一路疾走奔向家门，选择其中更优秀的插入瓶中，注入水，然后放到屋子最黯淡的角落里，仿佛这一束花就照亮了整个的生活。那时我上初中，很容易得到快乐。

我现在不敢想象那些浪漫的花束照亮我屋子的情景。我尤其不敢想象没被我选中的野花略带疲倦地摊在院子里的情景，那些野花的命运通常是被母亲的笤帚给当垃圾扫掉。

日子过得很普通的时候我常常盼望雨雪降临。它们的光照往往可以给我许多活下去的光彩，我需要它们的照耀，包括小鸟、蜻蜓或森林，我知道我的体内缺少不了这种呼吸。可不知道从什么时候开始我对森林中的落果和白雪掩映下的墓地产生了浓厚的兴趣，并且喜欢了黑暗和黑暗当中的寒冷。我常常设想乌鸦在墓地同雪花一样舞蹈的情形。我把一种单调而生硬的生死观注入作品，自以为有了奥妙和伟大，自以为破译了宇宙间生物运动的密码。其实那里什么也没有。

我敢断定，百分之八十的作家在最初走上创作道路时，是依赖于心灵的激情而成就自己的。掩藏于作家心中的痛苦和悲哀，可能经过阳光和雪花的光照，而变得奇异地美丽。世界演绎了许许多多生生死死、悲欢离合的故事，文学的内容也就像万花筒一样五彩缤纷，这是千真万确的事实。作家们在最初拥抱它们、拥抱这些实实在在的生活，但往往是在最终背弃它们,朝着耸立着无数冰山的"圣地"走去,于是,我们看见那里不再有人间烟火,那里除了凛然的月光和星光之外,仿佛一切都已凝住不动。于是许多困惑在我们反身回顾的刹那间产生了。

我确信这世界上曾产生过未被流传下来的伟大的艺术,这些艺术由于种种原因而不被时代所接受,它们会像墓穴中灿烂的白骨一样永远不被人知晓。我知道昨日不是春天,但却有落英无数。那些站在诺贝尔文学奖领奖台上的艺术家们,是否在发表演说之前首先应该祭奠那些像鲨鱼一样真正拥有大海,但又令人类所惊悚所远掷的纯粹的艺术家?

我们那些逝去的时代,流逝的春夏秋冬中所包裹着的艺术,已经风化了。于是许多人步入危崖,才会感觉到峡谷的壮美,生命在回顾中得到无限的延长。

所以,许多笔在面对白纸时贫乏无力。

我们孤独,我们寂寞,我们对周围的世界一天天产生厌恶的情绪。于是,海边的沙滩上增加了渴望得到解放和宣泄的人们,华山的险峰下多了不仅仅是为了看日出的人们。夜晚的路灯清幽迷人,洒水车悠然开过,水珠洗刷着道路两旁树叶上的灰尘。作家在这个时刻开始看每日新闻,然后把自己关进斗室,在灯下营造他的艺术世界,然后再茫然若失地走出书房,在洗手间洗臭袜子,然后再奔向卧室,而那时床上只有一侧温热，你的妻子或者你的丈夫已经熟睡，也许正在梦中继续她或他的故事。你叹息睡去，第二天清晨去自由市场买菜时对着飞涨的价格而瞠目结舌。你开始忧虑和放逐艺术，开始逃离艺术的空间而进入生存的空间，开始为得到一级工资而奔波、辛苦劳累。艺术在大量地流产。贫困山区土坯中孕育成熟的胎儿却仍然累累出现。我们把头埋进膝间，看膝下的人间脚印怎样的杂杂沓沓。我们的头颅变得沉重。

我们居住的空间在一天天变得紧张起来，谁还会注意墙壁上的油画的色调？手握调色板的人漫步郊野，风吹乱了他们的头发，雾气无限蒸腾。我们在一个普通的傍晚坐在餐桌旁，面对许多熟悉的面孔打发我们的胃口，左邻右舍的嘈杂声像雨点一样淋在身上。于是，我们又重新走进艺术，从绝望中找到辉煌。

我确信有人会从此走进真正的艺术天堂，并且大放光华，解脱许多痛苦、许多悲哀。有人把树根掘来着意雕刻；有人把破碎的玻璃片粘在一起，制造人间天堂的幻景；有人在欣赏交响乐的时候将一把美丽的提琴摔在涂有浓重油彩的画布上。猫头鹰在每一个夜晚搜索人类的眼睛所瞭望的方向。许多痊愈的伤口又在溃烂，回春之曲在五线谱浪漫的图案中伤心流泪。

许多许多的艺术家像布谷鸟一样在峡谷上空留下几声清脆的叫声就消失了。这种消失令人迷惘令人忧伤。我相信"花开易落"这个道理，并且也认为艺术达到一种极致状态，饱有了一瞬间的辉煌，就是创造了不朽。因此在峡谷边缘我们看不见布谷鸟，却能回味起它们歌唱时遗留下的袅袅余音，峡谷深处也覆盖着厚厚一层它们飞翔时被风劫落的羽毛。无论我们走得多么遥远，那种气息将永远萦绕着我们。

许多梦像疾病一样折磨着我们。梦中的灿烂和现实的沉重以同样的方式撕裂我们的心灵，我们的笔在抒写的时候变得矛盾重重。我们走向冰山，却又被流逝的房舍的温暖所诱惑着回转；我们居于凡尘，却又每时每刻向往着让笔触企及日月星辰，企及逍遥的寒彻。于是，许多的笔在现实与梦幻之间困惑、停顿，许多人的身影开始像落叶一样在大地上徘徊。我能听见此时翻书的声音像涨潮的海水一样一浪高过一浪，而后又骤然平息。于是，我们看见许许多多的人开始走出书房，他们的背上搭着白色的毛巾，他们的手指在洗碗池间擦拭油垢，而当夕阳九曲回环地绕进那里时，他们望着碗上映照着的金色余晖，又心旌摇荡，他们开始把视线投向窗外，等待傍晚的余晖收拢之后，再重新埋头清洗纯色的碗碟。

赐笔的"上帝"

冥冥之中总有一种力量推动你的行动。你并没有想去拜谒墓园，只想在秋日的森林中散散步，却不知不觉来到墓园，走到生死的临界点；你并没有打算看一位旧日朋友，可有一天你竟鬼使神差般地出现在他的屋门前，使许多旧时光不得不掉头回来，帮助你回忆昔日难舍难分的情怀。

人的心灵如此辽阔无边。我们看不见的东西太多太多了，我们所做的有意义或无聊的事也太多太多了。我们有时分辨不出哪些是自己做的，哪些又是某种力量操纵而做的。我们背后有人，这个人可以上天入地，可以驰骋人间，可以主宰我们的喜乐哀愁，可以从我们身上收回某种东西又赐给我们某种东西。

我相信"上帝"曾赐给每个凡人一件有意义的东西，就看你抓没抓住。

母亲说我百日那天曾抓起来一支笔。同时放在桌子上的还有鸡蛋、钞票、算盘和胭脂。鸡蛋可以滚动，算盘的珠子可以发出噼啪的脆响，而胭脂带来了一股香味，我却独独抓了笔，细长的、冰冷的、不发声的、无彩色图案的笔。我抓住笔，说明"上帝"赐予了我一生的心事，要让我去抒写，同时，上帝让金钱、美丽、快乐等等与我擦肩而过。如果我抓住的不是笔而是胭脂，也许会一生都少憔悴而光彩照人。

我抓住笔了，它注定成了我生命的一部分。笔和时间一起完善和耗蚀我的生命。时钟上的表针如何移动，笔就是如何移动的，分分秒秒，岁岁年年，不知不觉中已快步入而立之年。时间永不疲惫地向前，而笔却越走越艰难。"上帝"赐予我的心事如海天一般苍茫无边。

让我存在是为了让我倾诉，于是我离不开笔。于是我的笔哀怨多于欢欣。

不久前一个春寒料峭的日子，我去邮局给家里寄包裹。从邮局出来后发现不远处的电影院正在卖彩票。一辆微型卡车上竖着一块牌子，上面有奖券的中奖号码和标志，标志分别是卡车、蝴蝶、鱼、笔、苹果等等。也就是说买到奖券刮开覆膜发现卡车就中了头奖二千元。我站在旁边观看了许久，有一个孩子刮开覆膜后见到一条鱼，他中了三十元，而另一个中年男人很有"艳遇"地刮开一只花蝴蝶，他中了二百元，我自知从未有中奖的运气，所以就很随意地花三元钱买了一张彩票。我悄悄刮开覆膜，结果看见一支黑色的笔躺在深蓝色的背景上，那笔如此安详沉稳，犹如躺在天堂中一样。我竟然中了五等奖——十元。钱虽然很少，但其结果是空前未有的，我简直比拿了大宗稿费还要兴致勃勃。我颇受鼓舞地拿这十元钱做本，又买了两张，结果只中了两元钱，于是又掏出十元钱购了四张，结果全部输光，连同那支无形的笔。

回家的路上我一直想着那支黑色的笔。我中的不是别的什么，而单单是一支笔，这不能不说有一股力量让我时时清楚自己的存在方式——你为笔而活着，笔是永远不会抛弃你的终身伴侣。设奖者将卡车设为重奖，而将妖娆的蝴蝶和可以让饕餮者大饱口福的鱼置于笔之前，不能不说是对笔的一种轻视。但是以笔设了奖项，说明并未蔑视笔。只要不是蔑视就好。

我最终失去了那支笔，也许这是"上帝"的意愿。假若我第一次刮开覆膜见到笔后想起自己该回去做什么了，也许就不会失去它。"上帝"就是这么公正。赐予你的若不及时抓住，它丢了便永不再来。

"蘑菇人"及其他

画面：在一座高贵典雅的庄园里，黛绿的草坪上，两个男仆抬起一个中毒而死的蘑菇人，沉沉地向庄园外走去。一个身着素白衣裙的女孩子，瞪着一双大而美丽的童稚的眼睛，不安地恐惧地望着这无声的死亡。

画外音：一个蘑菇人死了。

画面：庄园主的大厅里富丽堂皇，烛光闪烁，一派快乐热烈的喜悦气氛。身着华丽衣衫的绅士、太太、小姐，恬然地微笑着。庄园主预备着让客人享用美味的蘑菇。这时，仆人差告：蘑菇有毒。于是一个人口吐白沫，倒在花园的绿草中。

画外音：又一个蘑菇人死了。

那个吮吸着庄园花草芬芳的女孩子，那个看着许多蘑菇人默默辞别人间的身着白裙子的女孩子长大了。她更美丽、更丰满了。她爱上了一个没有家教、没有地位、源于自然的黑人男孩。他们一起到树林里玩，一起到平静如梦的小河中去游戏。天空是晴朗的。女孩子的眸子是晴朗的。就连黑人男孩子微笑时的一口纯白的牙，也媚人地晴朗。

可他们的爱情是为庄园主所不容的。

于是，那黑人男孩被庄园主裁决为蘑菇人。

尝毒，意味着死亡。那是一幅多么美妙多么激动人心的画面：他倚在庄园的栅栏前，坦然、自信、真诚、果敢而又悠然地拣起篮中的一只鲜蘑菇，眨着那双黑白分明、清澈如水的眼睛，把蘑菇放到嘴里。他那痴心的女孩子担心地远远地望着他。他在咀嚼时突然发现她在看他。他停止了咀嚼。默默地会意地冲她笑了。那无邪的笑容，那一口白洁的牙齿，那濒临死亡时仍然充盈着深沉爱意的双眸！

蘑菇是有毒的。然而他没有死。他源于自然的强健体魄，使他富有应对自然植物时所具有的超人能量。

画面：仆人差告庄园主——蘑菇没毒。于是，"最后的晚餐"开始了，所有的客人都开始品尝蘑菇。没有多久，这些上流社会阶层的男男女女突然间失去了那平日的儒雅和高贵，他们你捶我打，左右摇摆，前呼后拥，放肆地大喊大叫，无忌地大呕大吐。大厅里乱成一团。最后，他们一个个倒在地上，失去了最后一丝挣扎的能力。

动人的是，那黑人男孩最终失去了那女孩。他赤条条地站在薄雾轻涌的飞瀑前，慢慢地微笑着回归自然。

仿佛是一个童话。

仿佛那童话曾经是我编织过的梦想。

那黑人男孩以独具的心胸和体魄改变了作为一个蘑菇人的命运。

命运原来是这样成为命运的。

文学原来是这样成为文学的。

消逝的时光

起床时天已大亮了。八点十五分,这是我惯常的早起时间。每天醒来的第一件事就是把窗户打开,透一透新鲜空气,残存的困意不消几分钟便会烟消云散。

今天比较凉爽,一大早就阴云密布,听得见风吹树叶的沙沙声。我洗漱完毕,做了早餐。早餐大多是西红柿鸡蛋面,既好做又好吃。

九点左右下楼到作协机关去报销就读鲁迅文学院期间的住宿费。走在通往展览馆的路上,听着自己的高跟鞋踏地的声音和公司街商场的叫卖声,有一种百无聊赖的感觉。很憎恨自己穿了双高跟鞋,鞋跟与水泥甬路相碰撞的声音太闹人了。

十点多钟从作协机关办完事出来，天空仍然阴沉沉的，但是密云不雨，所以手中提着的花伞就觉得无限沉重。一个人走在大街上总是心事重重，周围的世界越来越令人陌生。仿佛一个人站在涨潮的海边，浪花打湿了衣襟，我欣喜欲狂地叫喊着的时候，大海却退潮了。我站在岸边，海水离我远了，朝海的深处走去。

活着，就得吃饭。这是生活中最重要的一项内容。走到公司街商场时买了斤青椒，又买了些精肉，然后回到暂住的地方。站在六楼上可以望见文联大院，那里原来是苏联领事馆，房屋呈米色，典型的俄式建筑。簇拥着房屋的院落里种着桃红和丁香。前些年来这里的时候丁香树很高很高，但后来不知为什么全砍了。矮株的丁香也散发出蓬勃的香气，但总觉得那是节外生枝的香气。但现在这种香气也闻不到了，因为春天把丁香的气息带走了。

回来后坐在桌前读一本旧书，名为《绿漪自选集》，是民国二十四年（一九三五年）出版的，距今已有半个多世纪的历史了。这是昨天我从旧书处理市场买来的。同时买来的还有一九五九年版的德国史悌芬·海姆的《食人者》以及乔治·桑的《祖母的故事》（此书插图很漂亮）。

也许身为女性作者的缘故，所以对三十年代女作家的书也就格外看重。最先捧读的就是绿漪女士的书。封面右上端有胡适先生题的"女子文库"的字样,正中有一幅画,是一个女子读书的剪影,女子身边伴有一只美丽的小鹿,女子和鹿是同一种颜色,浅咖啡色,多么富有想象力的颜色。书的下方印出一行字:女子书店印行。整个封面古朴、典雅,绝无当代一些书封面的花哨,实在像是偶然进入一个古堡,在地窖里发现了尘封已久的古酒一样。慢慢开启它,其香味就绵绵不绝地散开了。

书还没有全读完,对其文学价值不敢贸然评论,但有一点我敢肯定:一本半个多世纪前的女作家的书,其写作者必定不是个平凡女子。我还认为,半个多世纪以来的风云变幻可以说并未使它失却本色。

午饭过后,看了一会儿午间奥运报道。电视机是一位老师借给我的,虽然只有九英寸,但我看得仍饶有兴味。面对着这架小电视机,就像翻看旧日照片一样,让人觉得十分亲切。

又是午睡,长长的午睡,醒来后已是下午三点了。觉得头沉,大概有些伤风了,果然鼻子不大通气。总不能把午饭和晚饭连到一起吃,所以赶紧穿上旧衣服去文联资料室翻旧书。本来昨天已经去过,但仍心存一线希望——就像农民收割完麦子,总要再捡一遍麦穗一样。

果然又在散发着霉味的旧书中找出徐志摩主编的《德国名家小说选》,是民国二十年(一九三一年)出版的,封面设计古色古香。内文纸张也很讲究,懂行的人说是用了道林纸。另外还获得一本一九五六年版的都德的《小东西》,也可以说是较有收获了。

我想,在那堆良莠不齐的旧书中,好书总会被人发现的,好书也总会有传下去的一天的。只有文化才会经久不衰,所以没有理由不崇尚自己从事的事业。

晚饭后出去散步,来到展览馆广场的天马灯光夜市。夜市是热闹的,卖小吃的,卖服装的,卖儿童玩具的,真是令人眼花缭乱。一些商贩手中兜售的服装,大抵是货底子,不仅仅是不合时尚,连那种古朴的风格也丢了,不伦不类,实在不敢穿在身上到街上去,所以远远地就走掉了。

从天马灯光夜市回来天已经很黑了。半个月亮悬在天上,白天所见的乌云消逝了。很多餐馆门脸前的水晶灯把通红的幌子映照得更鲜艳了,里面传来祝酒的声音。

一个人逃回住地,吃了两个桃,对着油光叮鉴的写字台看了会儿书,就开始为《女子文学》写这篇《女作家一日》,不觉夜已深了。我想文章是结束的时候了,让我看看表:哦,是夜里十一时三十分,再有半小时,这一天就要过去了。我得赶紧洗漱上床,好让这一天结束在梦境中。

我的朋友们,祝你们晚安,愿我们明天都有好心情。

未来的岸

凡·高在阿尔金黄色的阳光中画着稻田、播种者、吊桥、开花的果园和向日葵时,我相信他的灵魂已经脱离了肉体,思想也已清风般地四处游荡,那时的凡·高是这个世界上最自由的精灵,那是只有艺术家才能达到的一种精神的迷醉和逍遥的最佳境界。

一个真正的艺术家是不会刻意开一种主义的先河或者做一个主义的殉道者的。因为艺术家是被想象包围的生命体,他更为关注精神的进程和深度。至于主义,即使它是有关艺术命题的,也属于形而上的范畴,与艺术的内核和外在表现相去甚远。我们在各种艺术史中所读到的画的流派、建筑的风格、文学的分野,还是以总结和归纳的形式出现的为最多。而作为一个艺术存在体,他会经历不同的创作时期,把一种终极而单一的评价赋予具有无限包容性的艺术本体时,是否有挂一漏万之嫌呢?所以我对一切主义都持有怀疑态度。

也许是社会越来越走向多元化了,意识形态领域也空前活跃起来,旗帜林立,有人呐喊着想把一些人拉至主义麾下,大有梁山好汉结拜同盟的气势。远的不说,单说黑龙江,大约十年前有人提出"北大荒文学",之后又是"冻土文化""黑土文化",小打小闹一番,没有折腾出大名堂,于是就旗倒人散。这次我参加冰雪节图书博览会,又有记者请我谈对"冰雪文化"的理解,这使我有几分尴尬,因为我对此可以说是一无所知。

"冰雪文化"是什么?它有什么代表性的艺术家和作品?也许是我孤陋寡闻,并不详知。但我觉得如果从一般的意义上把一幅幅展示冰雪内容的画,一篇篇有北国特色的小说,一座座冰雕作品都誉为"冰雪文化"诞生的雏形的话,未免太幼稚可笑了。

因为一种文化的形成不可能是因为它的形式,而只能是它的精神力量和深度。皮毛的东西焉能统领风骚?比如说冰雕和雪雕作品,无论它如何创意新颖,它永远不能和罗丹的雕塑相媲美。因为无论从物质上还是精神上两者都有根本的区别。罗丹是艺术大师，而我们称为的冰雕艺术家从严格意义上来讲比匠人高明不了多少。青铜和雪都可以作为艺术创作的原料，但不可否认的是青铜是雕塑家手中最有价值而又最本色的物质。至于雪雕，我认为它一半掺杂了娱乐色彩，适于观赏而不适于鉴赏。把它划为"文化"范畴有些牵强附会。

不可否认的是，文化是有高雅和低俗之分的。二人转是无法与国粹京剧相提并论的，帕瓦罗蒂与胡里奥对我们来讲是难分伯仲，而对于音乐风行的欧洲人来讲，两者的差别是无须争论的。油画当然比布贴画等等更经典，交响乐的长盛不衰也说明真正的欣赏者是以精神享受为最高的。当然，这只是我个人的理解，我向往有经典的形式和纯粹的精神内涵的艺术。

我还有另外一种想法，那就是把一种文化口号提出来后，它就不可避免地与狭隘遭逢了。一个透彻的艺术家他本身应该是一个模糊体，如前面所说，凡·高在阿尔如果冷静地手持画笔，也许不会有我们今天所看到的他的作品了。而要到达那种境界，对我们来讲还是一个漫长的过程。文化素养的提高，艺术感觉灵敏的程度优劣等等，都是值得重视的内容。所以还是少提些口号，多做些实事。假若真有"冰雪文化"的话，我想也不会是在现在，也许在十年、二十年、半个世纪之后，甚至更长。因为对一种精神的自觉追求和完善是要经过几代人的努力的。假使有谁说他看到了彼岸，那也一定是未来的岸。

羞涩的夜谈

电灯的出现使更多的人丧失了秉烛夜读的机会,也就是说,丧失了一种古朴、安详、平和的生活气氛。在这个新年之夜,外面传来阵阵爆竹声。说实在的,它们并非想象的那么热烈,毕竟这是一个冷清的冬夜。站在我的窗前,可以看见马路上碌碌的行人和车辆、单调的脱尽了叶子的北方树木和房屋。它们在蔽日的烟尘中度过了圣诞,又将度过新年。那些精心修饰过的电视播音员尽管穿着猩红的衣裳、面上漾满笑容预祝观众新年好,但那已经不能给人带来温暖和爱意了。那种古老的程式化的微笑已经毫无新意。

就在一九九四年的第一天,我坐在灯下写这篇文章。我总觉得不能敞开心扉直抒胸臆，于是就归咎于这盏台灯。如果是伴着烛光来写可能就会挥洒自如。当然，如果再有温柔的炉火就更好了。可是烛光和炉火在城市已经成为上一个世纪的童话了。虽然说你可以到旧杂货店里幸运地买到几支蜡烛，回来后将台灯关掉，点起蜡烛，但那蜡烛放在哪儿才恰到好处呢？整齐光亮的家具一尘不染，连烛台也是精心雕刻出来的，那些古老的家具呢？那些颜色黯淡古色古香的桌椅呢？烛光再也无法照耀到它们了，那么烛光的存在又有什么意义呢？不用说美丽的炉火就更显奢侈而遥不可及了。

其实我是有过拥有烛光和炉火的日子的。不过那是在我童年的时候。冬天的雪很大很大，火炉里的火苗总是那么激情荡漾。那时没有电视机，没有录音机和收音机，人们在黑夜来到的时候就喜欢聚在一起讲故事。我总是所有故事的永恒的悄悄的听众。大人物的奇闻逸事、传奇人物的野史、妖魔鬼怪横行人间的故事听得数不胜数。我曾在二年级的时候因为听故事而引发了一场火灾。那时我家还在一个小山村里，有两间屋子。那间八平方米的小屋是我和姐姐的居室。东北的农村都是烧炕的，所以被子总是早早就铺好。我把蜡烛粘在肥皂盒上，趴在炕沿边做作业。大约快做完的时候，听见爸爸在大屋和几个人在讲故事《一只绣花鞋》。听了一会儿，兴致勃起，就关上小屋的门悄悄溜到大屋的一个角落，有滋有味地听起来。那故事很长，波澜起伏，是讲重庆地下党生活的，接近尾声的时候，我母亲大约渴了出去找水喝。忽然听见她大惊失色的叫声："着火了！"我跟着跑到厨房一看，了不得了。透过小屋的窗户可见火苗正熊熊地冲向房顶。那天棚可是纸糊的，一旦烧了天棚，整间房子可能就会报废了。缸里还存着不少水，我们拉开小屋的门一盆盆地往火上浇水，一行人手忙脚乱了半晌，总算扑灭了火。屋子里充斥着一股要命的焦糊味，烟气四处弥漫。我明白那是我酿成的一场祸，我忘了吹熄蜡烛，而那蜡烛偏偏又是粘在塑料肥皂盒上，一定是蜡油滴少了未粘牢，蜡烛倒了，烧着了我的本子，然后是被子，所幸发现还算及时。爸爸将矛头指向我，气咻咻地举起他的右手欲打我一顿。也许是我在火灾后的惊魂未定的表情使他心软了，他放下了他的右手。我体会到了浓浓的父爱，同时，也深深地自责着。那次说故事的人自然提早走了，大家不欢而散，这是我所听的唯一没有结局的故事。

我对文学的爱好大概始于写作文。我从初中开始就非常喜欢作文。因为读了一些对仗工整的律诗，所以还能在春节时帮着左邻右舍编一些对联。我记得高中时为家里的仓房创作了一副长长的对联，爸爸用他那龙飞凤舞的毛笔字给写了，许多人看了都说编得好，可惜上下联究竟写了些什么我已忘却了。我在高中时的学习成绩算不上很好，我的数理化成绩一直都不理想，逻辑思维能力很差，但形象思维能力却很强。我高中的语文老师叫梁存茂，高高的个子，戴一副宽边的近视眼镜，他很赏识我的作文，也是我的班主任。记得那年学期末他在我的鉴定上写了这样一句话："该同学才思敏捷，很有发展前途。"我可能会忘记许多逝去的人和事，但唯独这句话却记忆犹新。这句话的确给了我很大动力，我在高一、高二的时候一直坚持写日记，直到高考前夕仍然没有忘记练笔。可是上帝与我开了一个浪漫的玩笑，我高考的作文成绩却是最低分，因为我写跑题了。现在想来这是件有趣的事，可当时却令我痛苦极了，因为总分低我差一点失去继续求学的机会。就这样，我被录取到大兴安岭师范专科学校中文系。学校初建，校舍极为简陋，图书馆藏书也不多。教写作课的老师叫刘智勇，留着一撇小胡子，人很精明，也极有才气，我特别喜欢他讲课的表情，他总是抿着嘴讲课，不看教案却能滔滔不绝，很少见他激动过。我的第一篇小说就是在他任教时写成的。小说叫《空前绝后的宴会》，他认为"空前绝后"四字与文章内容不符，改为《宴会》，在班上当作范文讲解了一遍，增强了我创作的自信心。那时我开始有计划地读一些书，并且一直没有间断写日记。至今我在阳台的木箱子里还保存着许多本日记。它们的存在使我看到了十年前的我，执着倔强、爱憎分明。话说回来，现在的我仍然是那样子，只不过岁月的浮尘使我多了一份淡淡的温和。可惜刘智勇老师并未完整地为我们上完写作课就调转工作了。他转行到了司法局，据说至今仍在那里，我总想象不出一个把写作课讲得有声有色的人会在那个部门工作。后来接替他的老师只会在黑板上罗列作家的姓名和一串串的书名。所讲的写作内容就是每本名著内容提要上的话。我对他的报复方式就是用一面圆圆的小镜子在阳光逼人的时刻晃他的后脑勺。他经常在背对我们往黑板上涂鸦的时候感到脑后一阵灼热，他好几次跳着转过身大叫："谁？谁？"我微笑着收起镜子，一副若无其事的表情。

其实我在抗拒一种平庸。任何没有新意的课程都使我感到乏味。所以从创作的意义上说，标新立异才是难能可贵的。我高中的语文老师梁存茂曾经组织过一次作文竞赛，就是在两节课内完成一篇命题作文。记得那题目是《秋风与黄叶》。参赛是在午后，我望着那个题目一时不知写些什么。梁老师在我身边走来走去，他大概也为我的才思凝滞而感到不安了。写什么呢？秋风中黄叶的凋零的景象，再赋予它们一种"化作春泥更护花"的诗意境界，已经不能提起我的创作欲望了。这时我灵机一动想起了历史，对，历史就是一片黄叶，而秋风呢？我把它写成一次次农民起义。从陈胜吴广起义写起，我想象中的历史是由农民起义所写就的，能让历史改变颜色的就是农民起义。而历史永远是一枚事后的凋零的黄叶。这种想法虽然不太成熟，但它思考问题的方法却使我受到振奋。那年我十七岁，我第一次体验到独到思考问题所带来的快乐。

我第一次投稿是在上师专的时候。我清清楚楚记得那是个星期日，我独自走在进城的路上。学校离市区很远，大约要走半小时。那是冬天，天气很冷，一些陌生的车辆和行人来来往往，天上没有云彩。我走得浑身冒出热气，刘海濡了一层白霜。当我推开邮局大门的时候，一股热浪向我袭来，我忐忑不安地挂号寄出那个稿子。寄给了当时名噪一时的《青春》，但是石沉大海。之后我又寄了一些作品给其他文学刊物，仍然是杳如黄鹤。最后，我才把目光放在了《北方文学》上。只投了两篇，就很快收到了宋学孟编辑的来信，之后不久我开始在《北方文学》发表小说。现在我已经发表了百余万字的作品，也常常去邮局寄稿，但却没有初次寄稿时的激动心情了。我是多么想念十年前那个独自走在进城路上的小姑娘，她的刘海上濡着银色的霜花，她健康，充满梦想和激情。当她推开邮局大门的时候，她并不知道她的前途会怎样，但她充满了信心。而现在的她，平静、淡泊、疲惫而忧郁，那完全是一个走在文学之路上的人的心态和生活。我想不会有真正的作家会站起来大声反对我说："我很快乐！"

如果让我说出自己对文学的认识的话，我只能说，我正在逐步地认识它和热爱它。我几乎没有给读者复过信，因为那些热切的问题总是令我茫然。其实经验不是什么好东西，尤其是创作经验，把一种个体的纯粹的精神体验当成一种经验灌输给别人，没有比这更自私和矫情的了。经验只对自己才负责任。因此我喜欢一位政治人物的话："天马行空，独往独来。"

我很想在这个新年之夜向读者朋友写些亲切的话，同时也是真诚的话，因为我知道有许多盲目迷恋文学的人，而有些人又是不能有任何建树的。文学不会拒绝任何热爱它的人，但文学会选择真正的作家的。我有很多话总是欲言又止，所以这是一次羞涩的谈话，因为我的谈话对象都在幕后。原谅我这篇草草的谈话吧。

在奥地利的维也纳，新年音乐会已经结束了。那些盛装华服刚才还在剧场和着《拉德茨基进行曲》的活泼旋律打着节拍的人已经消失了，剧场里装饰着的美丽的鲜花也不见了。我听见了美妙的音乐，但却没有闻到鲜花的香气。那种典雅诗意的新年庆祝活动是多么令人向往。但是毕竟能坐在那样的剧场里欣赏音乐的人是少数。就如同我，虽然身居城市，但是心中却萦绕着故乡的影子，那无边无际的雪原、翻卷的朔风、低矮的房屋、杂乱狭窄的街道、猩红的晚霞，是那么紧紧地追随着我。人有一个故乡多么幸福。人有一个故乡又是多么不幸。今天我刚好步入三十岁，我仍然梳着飘散的长发，喜欢甜香的食物和辛辣的调味品，喜欢在上班的午睡间隙打一会儿扑克，喜欢靠在床头读书。虽然没有烛光的照耀和炉火的辉映,我仍然在宁静的心态下写完了这篇文章。因为那烛光和炉火已经长存我心中。

必要的丧失

一九九四年九月在云南的大理,有天傍晚我在散步时与一个精神失常者相遇。当时我正走在河岸上,空气很凉爽,明月下能见到苍山幽蓝的剪影。河岸上少见行人,月光使河水发出亮色。当我走上一座桥时,在石桥的一端突然与一个人相遇。他衣着洁净,笑嘻嘻地望着桥下的流水,那样子仿佛水中有他的美如天仙的新娘。古朴的石桥、平静的河水、清朗的月光,这种充满古典情怀的场景使我对那男子产生了好奇,或者说他正在诱惑我。月色给他的脸涂上一层柔和的光彩,我见他相貌平平,他入神地微笑着,一动不动地望着河水。如果不是他始终如一地笑着,毫无顾忌地笑着,我想不到他是精神失常者。

当我意识到他的精神有问题时，他侧转身朝我走来，我大胆地打了一声招呼："嗨，你好！"他并没有停住脚步，但他冲着我笑了，而且笑出了声。他与我擦身而过，他像大多数的精神失常者一样，走路很散漫，晃晃悠悠，有一种逍遥感。

我想象他为何而精神失常。爱情？金钱？权力？事业？这世俗生活中能制约、桎梏和诱惑人的种种事物我都想了一番，最后仍然是一团迷雾，得不到任何答案。但有一点是肯定的，他丧失了世俗人要为之奔波、劳碌、明争暗斗的职称、住房待遇、官职、金钱、荣誉等等这一切为人所累的东西，那么他心中留下的那一点是什么？也许是仅存爱情了。留下的必定是唯一的、单纯的、永恒的、执着的。这种东西带给了他安详、平和、宁静与超然。而到达这种境界却必须以丧失作为代价。

他对我的那一笑常常使我警觉，这使我想起了里尔克，他在自己的一生中努力追求一种孤独感，有时候朋友或亲人破坏了他这种孤独感，他就会离他们而去。这种孤独感是否是精神失常者心中仅存的一种古典诗意之美呢？距离产生了，客观、清醒和冷静的良好品质必然在人的身上出现，而距离总是以丧失作为前提的。

必要的丧失是对想象力的一种促进和保护。许多秀山秀水、文化底蕴深厚的地方频频产生过大学问家，而很大气的艺术家却寥寥无几，我一直以为这样尽善尽美的环境没有给想象以飞翔的动力，而荒凉、偏僻的不毛之地却给想象力提供了更广阔的空间。可惜这样的地方又缺乏足够的精神给养。没有了满足感、自适感，憧憬便在缺憾、失落、屈辱中脱颖而出，憧憬因而变得比现实本身更为光彩夺目。

怀旧是否也是一种丧失呢？我认为是。尽管怀旧的形式本身是拾取和藕断丝连，但就怀旧的事物本身而言，它却是对逝去所有事物的剔除和背叛，因为你不是怀恋已逝的所有事物，而只对一件事物情有独钟，那么你在怀旧时就意味着对往昔大部分生活的丧失，你用阅历和理性判断出了一种值得追忆的事物，这种东西对你而言是永恒的。几乎所有的作家都有怀旧情绪，这种拾取实在是一场轰轰烈烈的丧失，而这种丧失又是必不可少的。

那么憧憬呢？它也是一种丧失吗？我认为憧憬也是一种丧失。憧憬是想象力的一种飞翔，它是对现实的一种扬弃和挑战。现实太满或者太流于平庸了，憧憬便会扶摇而上，寻找它自己的阳光和雨露。憧憬脱离尘世，当然是对许多俗世生活的一种丧失。

怀旧和憧憬是文学家身上两种必不可少的良好素质，它们的产生都伴随着丧失。而人并不是每时每刻都能怀旧和憧憬的，它需要营养的补充，也就是需要培养人的一种孤独感，一种近于怪癖的艺术家的精神气质。一个八面玲珑、缺乏个性的人是永远不会成为艺术家的,因为他们拥抱一切,缺乏问询、怀疑、冷静和坦诚,因而也就产生不了距离和美。

  我又想起了在大理石桥上遇见的那个人。以往我会像绝大多数人一样称他们为精神病患者,但我现在不那么以为了。首先,我已经不敢肯定这是一种病,当然就不能说他是患者了。我们是用常人的眼光打量他们的,他们的失神和超常状态其实是引起了我们自身的恐慌,他们那不顾一切、彻头彻尾的丧失令我们疑惑不解,所以我们认为他们有病。有一个小常识很说明问题,几乎绝大多数病的症状都伴有抑郁、焦虑、暴躁、惊慌的表现,当你身上出现这种情绪时,你可能生病了。而精神失常者却表现出一种使人迷醉的冷静、平和及愉悦,这有他们脸上的笑容为证。他们战胜了抑郁、焦虑、暴躁和惊慌,他们的心中也许仅存一种纯粹的事物,他们在打量我们时,是否认为我们是有病的,而他们却是正常的?因为我们所说的正常是以大众的普通人的行为作为尺度的,所以我只能认为他们是精神失常者,或者说是精神漫游者。

  到达那种境界要丧失多少东西?我不敢设想。也许他们也怀想和憧憬,就像我们一样。

请接受残酷

　　一个儿童站在漆黑的楼道里敲一扇铁灰色的门,他没有听到回答声;一个年轻的女人伫立在百货商场柜前为病危的丈夫购买丧服衣料;一个探险者倒在茫茫无际的丛林中,弥留之际他发现鹰和乌鸦在头顶鸣叫盘桓不休;一个终日坐在河边洗衣的女人突然有一天发现河对岸那棵美丽的椴树让人砍了,而那椴树下她曾与弃她而去却令她缅怀不已的恋人幽会过,她从此不再来河边洗衣。这些景象的出现,标志着残酷的诞生。残酷走来时总是步履从容、不动声色。残酷可以出现在战场、医院、角斗场,也可以出现在阳光明媚的网球场和绿草簇拥着的花坛。生活让人学会接受残酷,而艺术则必须让人接受残酷。

一幅画的失败，一首交响曲的流产，一篇小说的流于平庸，这并不意味着残酷。艺术中的残酷是一种精神自虐的残酷。当你站在诺贝尔文学奖的领奖台上对全世界的人发表演说时，心底却突然涌起一股莫名的空虚、恐怖甚至厌倦，残酷在这种时候威风凛凛地走向艺术。

那些伟大的艺术家在残酷微笑着朝他们走来时总是采取积极态度。海明威和三岛由纪夫，一个在西方把枪口对准自己的头颅，一个在东方用刀剖开自己的腹部。他们冷静地接受了艺术的残酷。尽管有许多饶舌的社会学家对他们的自杀做出了种种看似理由很充分的分析，但那只是社会学家的误解而已。能使艺术家结束生命的，只能是艺术。而我们总是在接受别人的残酷上领略辉煌，这实在是一种惊心动魄的悲哀。

生活中出现残酷时尚有补救之机，而残酷走向艺术时只能面对死亡。你别无选择。没有任何伟大的艺术家会不断地制造高峰，人在艺术的探索中越是执着、激动而勇往直前，同时又越是疲惫、绝望。艺术是狡猾的，当你迢迢奔向它时，它能神采飞扬地向你招手，而当你切近它时，它却将真实面孔朝向别处。所以总在路上行走的奔向艺术的人（不是艺术家）是幸福的，因为他们尚能在生活中占一席之地。而真正走到艺术临界点的艺术家却是不幸的，因为他们受了双重残酷：生活的和艺术的。

卢浮宫的藏画，巴黎图书馆的藏书，莫扎特、肖邦、柴可夫斯基、拉威尔留给我们的音乐，无一不是残酷的表现。我们在领略伟大和辉煌的同时，必须明白我们首先应该接受残酷。凡·高的金黄色的像太阳一样燃烧着的向日葵是残酷的，因为它曾使凡·高的心灵备受摧残而又令后来者手持画笔望洋兴叹。《老人与海》《神曲》《喧哗与骚动》《人间喜剧》是残酷的，因为后来的作家在涉及同类题材时没有达到它的精神境界。《红楼梦》也是残酷的，它站在中国古典小说塔尖的位置上使其他作品黯然失色。而中国的艺术，能让人领略到残酷的却是太少太少了。徐悲鸿画马与齐白石画虾，可谓达到了炉火纯青的境界，我不明白为什么之后还有一些国画家无休无止地画马和虾，真是不可思议。

美国盲人女作家海伦·凯勒的《假如给我三天光明》，在命题上是残酷的，因为她永远看不到她要看到的三天，只是她文章中的三天太罗曼蒂克，她没有让我们看到残酷的三天，因而这三天不是永恒，它时隐、时现。

我非常喜欢福克纳的《纪念艾米丽的一朵玫瑰花》的结尾：

> 那男人躺在床上。
> 我们在那里立了好久，俯视着那没有肉的脸上令人莫

测的龇牙咧嘴的样子。那尸体躺在那里，显出一度是拥抱的姿势，但那比爱情更能持久、那战胜了爱情的熬煎的永恒的长眠已经使他驯服了。他所遗留下来的肉体已在破烂的睡衣下腐烂，跟他躺着的木床粘在一起，难分难解了。在他身上和他身旁的枕上，均匀地覆盖着一层长年累月积下来的灰尘。

后来我们才注意到旁边那只枕头上有人头压过的痕迹。我们当中有一个人从那上面拿起了什么东西，大家凑近一看——这时一股淡淡的干燥发臭的气味钻进了鼻孔——原来是一绺长长的铁灰色头发。

这是最精彩的结尾，因为它是残酷的，是岁月、爱情的残酷，同时更是艺术的残酷，让我们接受它。

是谁为"名利"制造了温床

我们在鞭挞如今一些缺乏道德感的公众人物的时候,应该回过头看一看,他们是怎样成为名人的?我们的社会包括我们普通的百姓,是否在不经意间充当了他们"人格沦丧"的帮凶?

也许是"文革"压抑了人们太多的个性,所以当我们突然面对着一个开放的时代的时候,我们对歌舞和影视的兴趣远远大于我们对读书的兴趣,我们曾有的如石头一样坚固的理想观和价值观,在改革开放的强大物质洪流的冲刷下,变成了一堆泡沫和碎屑。我们带着一种自我补偿的心理,沉浸在自以为优雅的精神生活中——观赏劲舞,看碟,听流行音乐,热衷于三角多角恋爱和打打杀杀的武侠影视剧，欣赏它们所散发出的怪异、奢靡的气息。于是，造星运动开始了。我们的电视、广播和报纸一时间像是找到了指南针一样，对散发着虚荣气味的这些"艺术"大加赞赏，不惜画面、版面地倾力打造明星，追逐花边新闻，使那些本无深厚文化修养和知识储备的人成为人们仰望的对象。我们宁可花几百元去为一个当红歌星的演唱会挥舞荧光棒，却不肯花几十块钱去买一本经典著作，为我们贫乏的思想"充电"。我们乐于坐在电视机前把黄金时间销蚀掉，也不肯出门看看街道背后的夕阳和从大自然中一路走来的流水，使我们与日常生活越来越隔膜，越来越对虚妄的东西魂不守舍。是我们的低级趣味为这些明星扣上了一顶顶金光闪闪的帽子，我们的不觉醒使他们身上的砝码越来越重，身价越来越高，他们终于如坠云雾，被捧上了天，忘乎所以，跟任性的孩子一样，受不得一点委屈，自私，卑琐，把妨碍自己更加有名的人和事看作地狱，为了名利不择手段。于是，我们看到了他们吸毒、他们为了金钱而罢演、他们制造性丑闻、他们打人和耍大牌等等的缺乏艺德的行为。如果追究个人原因，你可以责备他们缺乏职业道德、利欲熏心，没有修养，没有内心的"定力"，没有宗教的"原罪"感和忏悔意识，但促成这一切发生的，却是我们这个越来越浮躁的社会，我们制造了一个可供他们长期休憩的温床，助长了他们的浅薄和自私的品行。在这样的温床上，长出畸形植物在所难免，不足为奇。

可贵的是，我们的媒体已经在痛中开始反思自己了，我们那些明星的崇拜者们，是否也应该反思一下自己？我们是否有足够的抵抗力拒绝庸俗？我们该怎样提高自身的艺术素养和人格力量？我不希望我们用谩骂的口水去淹灭那些缺乏操守的公众人物——我们应该完善自我，使这样的畸形植物不再有生长的温床。

谁饮天河之水

我喜欢神话和传说，因为它们与想象力有着肌肤之亲。相反，任何事实和已成定论的自然法则却以一副尊严的面孔令我望而生畏。生命初始的时候应该说最切近生命的本色，因为童蒙期所观察到的每一件事物几乎都是新奇的。新奇感可以激发幻想：云、风、闪电、庄稼、树木、花朵、河流、晚霞、房屋、家禽、农具等等，在我们最初认识它们的时候，其性质肯定不是现在所认识到的平庸的存在。所以从文学的范畴来讲，一个不断有创造力的人注定是个童心未泯的人。

神话和传说几乎渗透了生活的每一个方面，地域环境、生育养殖、战争、瘟疫等等，几乎都能捕捉到它的影子。它最喜欢以两种方式存在，一种类似地下的矿藏，我们看不见摸不着，但能嗅到它的气息，这样的传说有待挖掘；还有一种类似于空中的浮云，能望得见，而它行踪飘忽，你只能仰望而无法将其握入掌中。神话和传说是一种最绚丽的艺术灵光，它闪闪烁烁地游荡在漫无边际的时空中。而且，它喜欢寻找妖娆的自然景观作为诞生地，所以人间流传最多的是关于大海和森林的神话。

对我来讲，神话与传说是与鬼怪分不开的。当我七八岁还在北极村的时候，几乎每到夜间都会坐在矮板凳上听老人们说故事。他们在昏暗的烛光下卷着旱烟、喝着劣质的茶（这种茶中总夹杂着很粗的梗子），他们时不时地擤一把鼻涕，然后往棉裤上一蹭，鬼怪就幽幽地从他们口中出来了。我常常偎在火炉前听得头皮发麻，恐惧得不得了。因为那故事中的人死后还会回来喝水，还会在菜园中帮助亲人们铲草，在晨露出现之前再回冥府。那时便觉得鬼是很辛苦的，因为他们要在两个世界之间不停奔波，阳间的事永远令其牵肠挂肚。有时听着听着故事，火炉中的劈柴烧落架的碎响会令我遽然一耸，接着便觉得烛光映照的墙面上鬼影幢幢。于是说故事的场子一散，我便赶紧在姥姥的陪伴下出去撒尿，因为我怕起夜时会与鬼不期而遇。鬼抓住我的衣袖怎么办？

在老人们的故事中，石头里能蹦出一个胖娃娃，黄鼠狼会成群结队地从大地主家往穷人的仓里搬粮食，使穷人的仓廪稻米飘香，这样的黄鼠狼是多么善良啊。所以当地许多人家在仓里为它供着牌位，奉为"黄仙"。他们还说森林中的狐狸打不得，你开枪前它就会向你作揖，说出人话来。而许多坟间的野花也轻易采不得，因为它们依附着小女孩的魂儿。

  我从小走夜路时总觉得心不是自己的，它跳得格外异常。无论是房屋、栅栏还是水井都令我疑窦丛生。老觉得听来的鬼怪故事会活生生地再现，于是盼望着听到牛哞狗吠，这种熟知的动物的声音会减缓因黑暗和寂静而带来的恐惧。至于天庭的神话，我也听得数不胜数。嫦娥奔月呀，七月七燕子搭起鹊桥让牛郎织女来相会呀，王母娘娘那仙人不断的蟠桃园子呀，等等。当然，给我印象最深的是天河，老人们说它是天空中最清亮透彻、温柔芬芳的一条河流，一般的人转世后很难到达那里。那时我便想，能喝一口天河的水该有多么美妙啊。

  也许是神话和传说的滋养，我更喜欢过一些传统的节日。灶王爷升天的腊月廿三，吃猪头肉戴龙尾的二月初二，用露水洗脸、包粽子、叠葫芦、插艾蒿的五月初五，阴雨绵绵的"七夕"，吃月饼的中秋节以及挂灯笼、吃元宵、看秧歌的正月十五。上帝如此偏袒我，刚好让我在正月十五出生。这样的生日对我来说绝对是一种恩赐：有雪、有灯、有秧歌队。几乎每一个传统的民间节日都有一种传说，我对这传说兴趣盎然，因而在许多作品中涉及过它们。

当我长大以后读了一些世界名著之后，才发现神话和传说是如此广泛而经久不息地存在于世界的每一个角落。它激活了无数的生命。它拓展了想象的空间。它使一驾陈旧的四轮马车在泥泞中跋涉时有了无穷的动力。我们聆听它、触摸它，这时粗糙的指尖会不经意地缀上一滴露珠，美在此时悄悄撞开心扉。

我的故乡因为遥远而人迹罕至。它容纳了太多的神话和传说，所以在我记忆中的房屋、牛栏、猪舍、菜园、坟茔、山川河流、日月星辰等等，无一不沾染了它们的色彩和气韵。我笔下的人物显然也无法逃脱它们的笼罩。我所理解的活生生的人不是庸常所指的按现实规律生活的人，而是被神灵之光包围的人。像福克纳和爱伦·坡笔下的很多人物都具有这种色彩。也就是说神话和传说进入文学作品，并不是简单的比附和描摹，而是一种潜移默化的渗透，因而它给人带来的是喜悦之后的辛酸的感觉。这是我最喜欢的一种文学品味。

恐龙在六千五百万年前突然从地球上消失了。科学家对于它的绝迹做出了种种猜测和分析。他们大多指出是地球生态环境的改变导致了恐龙的灭绝。这使我对这种在中生代最繁盛的庞然大物有了无穷的好奇心。虽然有不断发现的恐龙化石可以作为它们消亡于地球的佐证，但我还是异想天开地认为恐龙也许是去另一个星系了。它们也许安宁地生活在另外的宇宙空间。霍金的《时间简史》提出了时光可能倒流的设想，这更加增强了我对恐龙仍然存在于另一个空间的信心。因为时光倒流时一切都会栩栩如生地重现，恐龙会同其他生物一样出现在我们面前。会有这么壮丽的时刻被人类所看到吗？我期待着，虽然说我从不对时间抱有任何幻想。

我不喜欢在作品中指定时间，因为时间无论在过去还是现在都是一样的。它的无限延伸性使它具有某种虚伪性。作品中的人物的装束、气质和谈话已经烙印上了时间的标记，再加上注脚无疑是愚蠢的行为。我强调的时间像是在《回溯七侠镇》中，那里的时间不是时间本身，它可以在尘土飞扬的街巷中行走，然后去叩开一家的门，报告一个人的死亡时刻。这样的时间便超越了时间本身。

尽管我如此热衷于神话和传说，但我也迫切感觉到它们正渐渐委顿和失传。因为生活正日益变得疲沓、琐碎、庸碌和公式化，人的想象力也相对变得老化和平淡，所以现在尽管屡屡有故事生动的作品不停地被人叫好，但我读后总有一股难言的失望，因为我看不到优秀作品所应散发出的精神光辉。

如果有一个科学家说我是傻瓜，我会心悦诚服的。因为我至今仍然认为天上的那条银河是水，我总想着有一天会喝到那里的水。在我饮天河之水的时候，也许会在天之岸与威武的恐龙相遇。那时候的时间肯定会不由自主地颤抖，因为它在人类强大的想象力面前变得苍白无力、黯淡无华。

是谁

扼杀了

哀愁 _____

没了哀愁,
人们连梦想也没有了。

花季的乞讨

我喜欢薄雾与微风。它们仿佛就是上帝伸向我的一双仁慈温柔的手,让我那颗在凡尘中日渐疲惫的心能得到滋润和安抚。

薄雾和微风总喜欢在有山有水的地方生成,这些纯美的事物从不愿意把城市作为落脚点。一九九八年初秋我在桂林游漓江,不期与隐隐的薄雾和微风相遇。游艇在江面上缓缓而行,我站在甲板上,眺望两岸苍翠的山、嶙峋的岩石,感受着清凉的微风,怡然自得。然而船行不久,经过一个寨子时,船尾的水面突然涌现出一片白花花的人头,那些游水的孩子一边追逐着船,一边举着胳膊朝船上的游客"行乞"。有好事者或者是动了恻隐之心的人，就把一些面额不等的纸币抛进水里，引得这些孩子疯狂地争抢。看着他们抢钱时溅起的那一团团蓬勃的水花，我觉得它们是那么的刺眼。我的心为之一沉，再也感觉不到薄雾与微风的美好了。漓江在我眼里也因此黯然失色。我是多么希望水面突然绽开的是一片盛开的白莲，而不是孩子们那一颗颗乞讨的头颅啊。

前年在大连，港务局的朋友请我们一行人吃宵夜，从餐馆出来，已是凌晨了，我们在灯火阑珊的大街上散步。忽然，我觉得衣襟被人扯了一下，回身一看，见是一个五六岁模样的小女孩，她头发散乱、衣衫破烂地向我伸出一双乞讨的手。我见她形单影只，以为她是流落街头的孤儿，正欲施舍之时，朋友拉住我，说这小女孩的身后，肯定跟着一个"家长"。我们回身眺望，果然发现了一个正驻足观望着我们的人影。原来小女孩是大人放出的"诱饵"！

最让我吃惊的是在我居住的城市哈尔滨，在冰天雪地的闹市街头，我曾目睹一个男孩竟然赤裸着上身跪在地上行乞。看着他在寒风中咬紧牙关低垂着头宛若一尊雕像的凝然神情，我的心再一次被刺痛了！

看到这些处于花季的儿童行乞，我想起了鲁迅先生的那句话："救救孩子！"的确，是该救救孩子的时候了。当我们为着金钱而把儿童推到前台，让他们做"招揽"，来榨取人的同情心的时候,其实我们等于把一个孩子送到了断头台上。尽管我们的社会由于贫富差距的拉大使一些家庭和孩子面临着种种的生活问题,我们也不该让孩子过早地泯灭天真、良知和尊严,走向灵魂的"死亡"。我不希望他们长大成人后连欣赏薄雾和微风的情怀都丧失殆尽。虽然我明白,薄雾和微风比之金钱要虚无缥缈得多,可是当一个人的灵魂是死水一潭时,他真的是一无所有了。但愿这样近乎"残酷"的行乞不再出现在我们的视野之中。

罂粟的报复

一九九七年初春的一个傍晚,我乘17次特快列车由哈尔滨到北京去。安顿好行李,发车铃声响了的时候,包厢的最后一个乘客才露头。

他看上去很年轻,二十上下的样子,平头,矮个子,厚眼皮,小眼睛,穿着T恤短裤、旅游鞋,提着一个小巧的手提包,看上去好像刚从网球场下来。

一进包厢,他就迫不及待地脱下T恤,爬到铺位上躺下来,一动不动,如一个僵死的人。我觉得他好奇怪,春寒料峭,我们还穿着绒衣,他一身夏装不说,竟然把T恤也除掉,裸着上身,他缘何"热"到如此程度?

车开不久，天就黑了，我洗漱完毕，攀到上铺看书。小伙子仍然平直地躺着，似已在另一个世界了。我见他的脖颈下吊着一条很粗的金链子，腕上的手表似是"劳力士"之类的，判定他是一个有钱人。我想有钱人比无钱人的痛苦多，所以他才一脸死寂。

夜深了，下铺的乘客将棚顶的灯熄了，包厢陷在黑暗中。我胡思乱想了好久，刚要睡着，却被一束微光扰醒了。小伙子打开了床头灯，正手持注射器，对着自己的胳膊。列车有些摇晃，床头灯又太暗，他扎了几次未果，有些急。我蓦然明白，他是一个吸毒的青年！最后他总算如愿以偿地注射完毕，他点起一支烟，慢慢吸着，将灯熄了。包厢只有四个人，通风不好，我怕他吐出的烟有害，就翻身起来，将门打开。他不知道自己飘飘欲仙的时候，我却因恐惧而睡意全无。他指间的烟头的红光在黑暗中一闪一闪的，使我忍不住想到绚丽如火的罂粟花。

童年时，我家的窗根下栽种着很多罂粟花，这花红、紫、白、黄都有，花瓣有单层的，也有多层的，花质柔软如丝绸，香气蓬勃，很爱招蝴蝶。家人都很爱惜这花。可是，当我上初中时，这花就不许栽种了，因为它是毒品的原料。那时我很难过，想着我们种花是为了赏它，又不吃它，缘何剥夺了罂粟被赏和我们赏花的权利呢？

人们都称罂粟是有毒的花，我觉得这很冤枉它，其实真正有毒的是人的心。它的美是让人"悦目"的，而不是供人食用的。欣赏美只带着一双眼就可以了，若再加上一张饕餮的嘴，罂粟当然会对蹂躏它的人反戈一击。"非典"流行，据说与人食用果子狸有关。我想果子狸也是大自然的一种"罂粟"，我们欣赏它的美的时候，会带来愉悦的心境；而我们对它刀戈相加，使其灵魂沦丧，大啖其肉时，它就会像罂粟一样，把潜藏的杀机回报给人类。我们不要仇恨罂粟和果子狸，如果对它们多投以关爱的目光，少伸出红唇下的舌头和利齿，我们会有被毒品和"非典"折磨的痛苦吗？

死亡的气息

那小镇同别的小镇没什么区别,有小学校、卫生所、粮店、供销社。有了这些,上学、吃饭、购买简单的食品、看病等等就有了依靠。人们一旦拥有这些,便觉得生活有了保障,因而小镇的人都生活得极为平和,大家亲切随和,态度坦然,人和人见了面都客客气气地打招呼,种地的种地、养猪的养猪、教书的教书、拉柴的拉柴,鸡鸭鹅狗在各家院落和睦相处,一派平和之气。

那便是我童年生活的小镇。我曾像大多数小孩子一样在婚礼上疯抢被人抛出来的喜糖,弄得身上满是尘土;也曾像别人一样在老人们的葬礼上分吃一些供品。寿终正寝的人的葬礼同节日一样给人以亲切、轻松之感,所以我最初领略到的死亡是有诗意色彩的。然而在我十岁的时候,我很快就懂得死亡并不仅仅劫走迟暮的人,它说来就来。

我家那时住在板夹泥的房子里。那幢房子一共住着四户人家。东头的邻居是一对湖南籍的夫妇,他们一共有六个孩子,三男三女。他们一家人都很勤劳,也很和善,待人极为热情,所以大人孩子都爱去他家坐坐。给我印象最深的是他家的厨房上吊着块腊肉,常常能看见乳白的胖乎乎的蛆爬来爬去。每年秋季,他们湖南老家的亲戚还会寄来干透的红辣椒,我们邻居都能分到一些。腊肉和辣椒,是他家餐桌上的两样奢侈品,也是令许多人家馋涎欲滴的两样食品。

有一年冬天,男主人上山拉烧柴,用拖拉机拖着两根原木下山,由于雪道并不平坦,所以原木总是被树枝绊住,他便上前为它们扶正道路,不幸被翻滚的原木给打倒在地,他的双腿血肉模糊,失去了知觉。事发后他被送进县城的医院,医生说恐怕要截肢。县医院动不了这样的大手术,只能送到哈尔滨去医治。于是他便躺在担架上到了哈尔滨。那时我天真地以为人一到了哈尔滨,再难治的病也会好起来。不料没有多久,从那儿传回消息,让他的长子速去哈尔滨,我们便知道他要不行了。果然,他很快就客死他乡了。接他回来的那一天,天气冷极了,镇子上的许多人都去看,他儿子抱着一个骨灰盒,哭着走在前面,他的爱人哭得呼天抢地,六个孩子无一不是泪人。我想起他生前常常站在厨房里充满感情地望着那块腊肉的情景,想起他编鸟笼时那娴熟的动作,也不由得跟着哭。他一个人去了白雪皑皑的山上沉睡,却留下孤儿寡母一堆怀念他。

他家有一个女儿,乳名小平,与我同龄也是同学。我记得她有一头极黑亮的头发,人也很聪颖。就在她父亲去世后的第三年,也是冬天的时令,大概临近腊月吧,家家都在宰猪,她家也宰了猪。当晚吃过猪肉,由于她家的炕烧了过多的火,烫得不能睡人,她便来我家和我睡。她来时还给我带了一块猪肉。我吃完后和她一起睡下。第二天早晨,她便嚷着头疼,那天便没有上学。下午我放学回来,她的头疼仍然没有好,家里人正请一个巫师给她作法。又过了两天,她疼得挺不住了。于是才由一驾马车给送到了县医院。她得的是结核性脑膜炎,由于耽误了治疗,一周左右便死掉了。她死前我曾和老师徒步进城看过她,她漠然望着我们,现出不认识的样子,一句话也说不出来。她床边的输液架上的药瓶无声地向上反串出一些气泡。她的死使我恐怖、伤心至极,因为她和我同龄,我从来没有想到同龄人的死去。她的头发是如此漆黑、浓密和油亮。她总是把刘海剪到齐眉的位置,而且她的眼睛也很秀气。

以后每逢除夕,她家的人在大门口为她烧纸的时候,我便总能想起她发病前的最后一夜和我同睡一铺炕的情景。那夜我们睡得是那么香甜。

到了我上高中那年的秋季,死去的小平的姐姐,名唤跃云的,忽然患尿毒症进了医院。据说她是为了看守麦田,不让鸟来糟蹋麦子,便在麦田赶了半个月的鸟。她常常躺在麦田里,因此感染了风寒,然后抱病入院。我初听到这个消息时并不很在意。以为尿毒症是小毛病,住几天院便会康复的。然而到了一个周末,我回家时,却突然听到了她死去的消息。她才二十多岁,性格开朗,爱说爱笑,一个整天笑哈哈的人怎么会死去呢?

死去的人都是我童年的伙伴,而且他们都是一家人,是活生生的我常常能看到的人。他们的影子就这么突然地从大地上消失了,让人猝不及防,让人无法接受。从那时起,我便知道人活着有多么糟糕,因为死亡是随时都可能发生的事情,它同人吃饭一样简单。死亡一旦饥饿了,它便张开血盆大口劫掠人,而且它毫无眼光,贪婪无耻,常常把不该吃掉的人也吃掉。死亡走来时是那么不动声色,它扼住人咽喉的时候,连眼睛都不眨一下,想想人是多么可怜,不能左右自己的出生,同时也不能完全左右自己的死亡。

我就这样嗅着死亡的气息渐渐长大了。它给我稚嫩的生命揉入了一丝苍凉的色彩,也催促我早熟。我知道不管你是否喜欢这种气息,它都会拂面而来,而且萦绕人的一生。这陈腐悠久的气息令人无法抗拒,我们只能在它的笼罩下活着。

闲话出租车

今年夏天出游,在几个城市"打的"有一些有趣的经历。先说北京,九月一日晚去亚运村与徐坤夫妇吃涮羊肉,去时打了一辆浑身颤抖,散发着浓郁的汽油味的破夏利,还没到目的地就被折腾得头晕恶心。饭后,向宾馆回返时,我坚持要打北京人称为"蝗虫"的"面的",徐坤的丈夫辛广伟在马路上拦了两三辆,最后总算是有一辆车同意载我去东郊。那司机是个五十多岁的慈眉善目的老人。我问他,生意好做吗?他摇头苦笑着说:"这活可不是人干的,难干着呢。"老人说:"这街上除了戴黑胳膊箍的人不管你,其他的都管你。"我笑了,说:"乘客倒是没有欺负过你吧?"老人"嘻"了一声,说:"前两天还碰到一位呢。那天下大雨,我看见一位妇女领着小孩在公共汽车站招手,那女人还没带伞,孩子和她都淋在雨里,怪可怜的。离她没几米远的一个男人也冲我摆手,我就拉了那母子俩。到了地方,你猜怎么着?打表打了二十几元,她就给我扔下十元,说多一分也不给我。你说这人这个损呀,真是好心没好报。"

在昆明,有天傍晚陈家桥做东,请我们几个人去云南大学旁边的一家风味餐馆吃饭。由于人多,便分乘两辆"的士"。海男陪同我和林白乘一辆。那是个二十多岁的女司机,她不苟言笑,脸上弥漫着一种谁大大地对不起她的神色。我们说去云南大学,结果她一上路就走了与云大背道而驰的方向。当地人海男惊叫道:"你怎么这么走啊?"这女司机却毫不在意,不卑不亢地走她道路。她拉着我们转了大半个城市,时间耗去了大概半个小时,其实本来那是十分钟的路程。最后她又说她迷了路,不知道云大在哪了,这有多么幽默。我说:"你是出租车司机居然迷了路,你要赔偿我们今天的损失。"海男也说:"不管你怎么转,最多给你十元钱。"她见我们火了,居然就不迷路了,不出两三分钟就从一条农贸市场的小路穿出,眨眼间就驶到云大的后门,她打表的价格已高达五十元。

然而在上海却大不一样了。中秋节过后,我为了赶七点一刻飞哈尔滨的航班,所以凌晨五点一刻便起来了。提着大大小小几个包出了沪纺大厦,在朦胧的天色中一直等了十几分钟也未见一辆车驶来,我不免着急起来。这时候忽然过来一个骑摩托车的小伙子,他冲我说:"小姐,要不要我送你?"我以为遇上了阿飞,连连说不需要,这小伙子就说:"不过我的摩托车也带不了你的这些包。"他指着几百米外的一条大马路说:"现在正是交接班的时候,车很少,你在这等着,我到前面去给你叫辆车。"

大约又过了十分钟,我见前方驶来一辆红色的士。它很快停在我身旁,我如释重负地上了车。我说:"我等了二十分钟才打到你的车。"司机则说:"是个骑摩托车的小伙子告诉我这有人等车。"我颇为诧异,问:"你认识他?"司机摇摇头说:"不认识。"

我为自己误解了那个小伙子而感到羞愧。上海在我心中忽然变得可爱起来。

然而不愉快的事情很快就在哈尔滨发生了。我下飞机时穿着件真丝衬衣,而外面的气温只有十四摄氏度,一想到坐班车要一个多小时才能进城,再说冻病了,省了车钱多了药钱,还多遭了一遍罪。于是便来到出租汽车旁,事先跟司机商量好了,上车后必须打表,他表示同意。然而出了机场后大约有五分钟,我才发现他的计价器一片昏暗,向回返已经来不及了。我说:"为什么不打表?"司机说:"到了地方你看着给吧。"车的后排椅上还躺着一个彪形大汉在呼呼大睡,看来是司机的朋友。我自知上当,为了安全起见,想进了市区后再论价。结果车到家门口后他向我要二百元,我说最多只能给你一百二十元,他说不能低于二百,这时那睡着的彪形大汉也醒来了,他们一唱一和,直到我付了一百六十元才允许我下车。我垂头丧气地上楼,觉得在外面与朋友们说哈尔滨如何美丽实在荒谬。

一个文明服务的人会让自己和别人都感到愉快,而一切不文明的行为会损害一个城市的声誉。我不希望自己生活着的城市成为后者。

祭奠鱼群

　　鱼是一种美丽的脊椎动物，它靠水而生存。它须臾不能离开水，在这点上，它比人类更加显示出对一种物质的永恒依赖和钟情。水无疑是它们的家园。

　　鱼向来是一种吉祥的象征，所以杨柳青年画中出现最多的是它的形象，它成为贺岁的一种象征。就连它入人梦中，按老百姓的民间解梦的说法，也是"发财"的表示，足见人们对它的喜爱。而且，人们对美女的形容，也和它联系在了一起——美人鱼。看来鱼在不知不觉中已经成为人类生活中的一种灵光闪烁的神话。

　　鱼的姿态很美，身体大都呈侧扁形，有着闪光的鳞片和优雅的尾部。而且它滋味鲜美、营养丰富，这使得它从诞生之日起就成为人类的捕捞对象。它们被网大片大片地围追堵截，撞得头破血流，最后魂飞魄散地成为饕餮者的美餐。它们在水域中艰难地繁殖和漂游，它们在静无声息地享受水的清芬的时候，却不知夭折的厄运就在水域之外的陆地等待着它们。

　　人类的生存延续总是不知不觉以对自然资源的攫取作为手段。人们需要房屋，于是就去砍树来造房，使得自然界绿地的面积逐年减少。人烟的稠密又使得空气变得污浊，一些动物躲避瘟疫一样远离了我们。工业污染的痕迹几乎从每一座城市永远仿佛在雨中的灰蒙蒙的天色上可以痛切地感觉到。

　　我生长在大兴安岭，幼时感觉到的就是原始森林遮天蔽日的绿树，森林中的植被极为丰富。狍子、野兔、黑熊、狼等动物经常出没。那时能不断听到人们在林中遭逢动物的故事，有一年一头熊还伤了人。这使得我幼时进山就有一种忐忑不安的感觉，唯恐黑熊突然袭击我。若是被它一巴掌给拍在脸上，那么一生就将与丑陋为伍了。其实熊伤人的时候还是很少的。走进森林中，你其实走进的就是动物的家园，它们靠着许多野生植物来维系生存。而人类恰恰也觊觎这些。人与动物的竞争使得子弹像流星一样从枪口飞出，倒下的自然是无辜的动物。我想动物若也会用枪，我们早已成为它们的晚餐了。

　　童年给我印象最深的就是鱼汛，它几乎年年出现。人们守着江张网捕鱼，总是收获很大。我幼时就曾把鱼子当饭来吃。然而到了八十年代初期，黑龙江的鱼就有些贫乏了，但是隔个三五年，仍然会有一场鱼汛降临，让渴盼已久的人们高兴一番。我记得一九八四年有一个周末我突发奇想从塔河起程去漠河看望姥姥，刚好逢上冬季的鱼汛。被打捞上来的鱼看上去格外丰满，一条条地摆在仓房里，给人一种丰收的喜悦。然而进入九十年代，随着森林植被的破坏和人们的疯狂捕捞，黑龙江的鱼寥若晨星，少得可怜，鱼汛几乎消失了。那条江仿佛一个已经到了垂暮之年而丧失了生育能力的女人，给人一种干瘪苍老的感觉。居住在岸边的人们不由顿生惆怅：鱼群去哪里了？

近些年再也听不见动物伤人的故事了，不是因为它们远离了人类，而是因为它们的数量日渐减少。尤其是一九八七年大兴安岭的森林大火后，动物的踪影几乎难以寻觅了。到了夏季，那种令人触目惊心的绿已经不复存在，阳光照着的是林木越来越稀疏的山峦。而为了单纯追求经济效益和现实的利益，一些林业局又在超限量地滥砍滥伐，冬季里树木的倒伏声此起彼伏，溅起一片片飞旋的雪粉。

生态环境遭到了前所未有的破坏，大约是鱼群消失的一个最直接和重要的原因。

黑龙江是一条中俄界河。我听当地人讲，别看我们这一岸打不上鱼来了，而属于俄罗斯那一岸的鱼却仍然很繁盛，这使我在惊愕之余顿生悲哀。

一条江有此岸和彼岸，虽然它们隶属于不同的国度，然而江中的水却是自由流淌的。鱼作为自由的生命，也是在任意穿梭的。鱼是充满灵性的，当它们在水底感觉到俄罗斯那岸的树木的倒影在水中更为浓郁时，它们会不由自主地向那靠拢。更为重要的是，当它们靠近我们这一岸而无一例外地遭受被屠戮的命运后，它们会觉得我们的岸是危险的岸，而远远离开我们。倘真如此，我们真该对着苍茫的江面为自己所犯下的罪行而大哭一场，让泪水滴进江水里，像珍珠一样滚到鱼群中间，乞求它们的饶恕。

几年前我曾读过一本很优秀的书——《在乌苏里莽林中》，是一位苏联军官所写的军事考察日记。里面记叙了一位淳朴、善良、无比钟情于大自然的山民向导，他叫德尔苏。我记得德尔苏对鹿、紫貂、灰鼠被中国人大量捕杀甚为不满。里面有这样一句话："中国人在自己的祖国消灭了所有的动物，他们国内剩下的只有乌鸦、狗和耗子。"

这句话当时对我触动极大，我甚至认为这是对我们民族的一种污辱，是作者的一种偏激。现在想来，他的话并不是危言耸听，如果我们继续纵容自己的恶习的话，这句话就会像早已拴好而垂吊下来的圈套一样，使我们成为自尽者。我不愿意这样的事发生在自己的祖国，因为这里的山川草木养育了我们，我们热爱它。

　　当我们在除夕提着一盏鲜亮的鱼灯时,当我们在黯淡的墙壁贴上一张有鱼的形态的年画时,我们不希望它仅仅像图腾一样出现在我们的生活中,它们更应该活生生地丰沛地畅游在属于我们的水草丰美的水域中。

奸商横于世

与小商贩打交道，几乎是令每个持家女人都头疼的事情，他们短斤少两，女人们只好自备弹簧秤，重新过磅，这在全世界的购买者中绝无仅有，堪称一绝。然而近些年商贩已经懒于在秤上做文章了，他们开始给家禽注水，于是买回来的鸡和鱼在被剖腹的一瞬，会涌出一汪汪的血水来。我曾买过一条肚腹丰满的鲤鱼，看它的模样，以为怀着一包子。当我用刀把它的肚腹划开的一瞬，一股血水飞溅起来，就像喷泉一样，弄了我一脸。鱼的肚子立刻就瘪了下去。这时顾不得清理鱼的内脏，先得去卫生间给自己的脸面清污。若它完全溅到脸上倒也罢了，连衬衣的领口上也是污渍，于是还得洗衣服，真让人怒发冲冠，连吃鱼的胃口都没有了。

广东的注水猪肉曾在某一段时间令国人哗然，而最近看中央电视台的《生活》节目，看到商贩用加厚的食品包装袋来变相地短斤少两，而且要卖的螃蟹被用粗草绳五花大绑着，真为这些小商贩挖空心思的"智慧"而惊叹不已。他们把食品袋和草绳当成海鲜堂而皇之地卖出，面不改色心不跳地大把大把地赚着消费者的钞票，真是可憎可叹。

商贩坑害消费者的手段越来越隐蔽，花样层出不穷。在商品交易中，他们是清醒的欺骗者，而我们则是糊涂的购买者。有时他们还用热情来赚取你的信任，从中做手脚。前一段我去菜市场买鸡蛋，问过价钱后，刚要买两斤，突然想起还要去商店买酱油。于是便对那个商贩说，我提着鸡蛋去商店不方便，回来路过这里时再买。商贩便热情地问买几斤，我说两斤。等我从商店回来，路过这家摊位的时候，摊主满面笑意地提起一个塑料袋说已经为我称好。他还煞有介事地把装在塑料袋中的鸡蛋放在秤盘上，重新过秤，对我说："你看，两斤高高的。"我谢过他，提着鸡蛋回家，心想这商贩真是好心肠。我每天早晨都要吃一只煮鸡蛋，然而连续两个早晨被煮熟后剥出的鸡蛋都是青绿色的，散发着一股臭味，这才恍然大悟，商贩趁我不在现场把卖不出去的臭鸡蛋给掺了进来，而我当时却对他感激万分，这真让人哭笑不得。真想奔到菜市场当众戳穿他的把戏，损他几句，可一想他肯定不会承认，我与他理论时肯定处于下风。只能自认倒霉，把余下的鸡蛋扔了便是。只是以后再也不会去他那里买鸡蛋了。

碰到以上事情，损失钱倒在其次，它还往往损伤人的心情，我便想国家是否应该给经营者立法，一旦违法，不是道歉和罚款就能摆脱干系的事情，而是诉诸法律，永久吊销其营业执照或者以欺骗罪对其刑事拘留等等，大约他们就不会如此猖狂了。奸商横于世，消费者就如履薄冰，永无宁日。

童子庙的倒坍

连日来，不分晨昏昼夜，窗外时时传来噼啪作响的鞭炮声。有时我正在午睡，有时却是在灯下读书，心都被那声音搅得一阵烦躁。我想，谁家生了儿子？迁了新居？抑或在经商热潮中又在某处街角开张了新铺子？

都不是。

一位朋友告诉了我事情的原委。据说山东的一个童子庙倒坍了，这样要收回许多童子。也就是说，对活着的童子如果不采取一种保护方式，那么他们很可能死去。传扬开来的拯救童子的任务落在了童子的姑姑的肩上，据说做姑姑的要为侄儿准备一挂鞭炮、七个桃、七块糖和七个鸡蛋，从七月初七的日子开始到阴历七月十五的鬼节期间,将鞭炮、桃、糖、鸡蛋送到侄儿家。姑姑要亲自为童子点起爆竹,说是只有这样做了,童子才能幸免于难。否则鬼节一到,童子将大祸临头。

于是那爆竹声便不分时候地响起来,就连我寄居的文联宿舍楼,入夜时分也是响声阵阵,看来文化并未能抵制众口一词的习俗。

我从未见过童子庙,也不知老家山东的哪一处童子庙倒塌了。而这拯救童子的办法又是什么圣贤想出来的,好在人间有苦就有甜,所以糖是不缺的,而八亿农民无论什么时候是不会绝了养鸡的营生的,而且又不是"割资本主义尾巴"的年代,所以鸡蛋也是极易买来的。而今年又是桃大丰收的年份,所以无论是公家还是私人的摊床,鲜美可口的桃到处可见。而鞭炮在中国自它诞生之日起,就从未消失过,所以为姑姑的买这些东西可以说是轻而易举。所幸不用猴头和燕窝,否则短短一周多的时间里,到哪去寻山珍海味呢?

我喜欢儿童。我想不喜欢儿童的人就不是正常人。当然,不正常的人并非是指天才。我对童子的印象就是杨柳青年画中童子骑在鱼身上的形象。从很小的时候,我就看这种年画。一张年画贴一年,每天躺在炕上看那童子,看他那稚拙天真的笑意和他手腕上和脚脖上胖出的窝,觉得童子真是世界上最美丽的。直到现在,我们家在新年时仍喜欢贴童子骑鱼的画,让人百看不厌。

年画年年要换新的。旧的童子骑鱼的画注定要被换下来，新的要被贴上去，而新的总有一天也要成旧的。如此说来，旧的年画的消失就意味着童子的消失吗？

我想在旧年画飘零气息中长大了的童子，不也依然活得虎虎有生气吗？我不记得那是发生在童年时哪一年的事情了。但我清清楚楚记得那是夏季。有一个敲着木鱼的算命先生走进小镇，他说这小镇有一批童男童女将被收走，我家邻居的一个女孩被指定是将被收走的童女，算命先生说要扎一个替身为她赎命。于是邻居给了那算命先生五十元钱（五十元在当时是一个多么大的数目啊，但家长们认为是保住了儿女的命，所以说是豁出血本了），算命先生收了钱后买来了白纸，用麦秸秆和白纸扎起一个亭亭玉立的童女。替身扎好后，我们都跑去看，那替身白森森的，说是照着活着的模样扎的，可与活人的神态迥然不同。风吹过来的时候，那替身就窸窸窣窣地响起来，吓得我们头皮发麻。夜深的时候替身被焚烧了，隔着篱笆我看见了通红的一束火光，它在院子的沙地上跳荡了一会儿，就成为灰烬了。邻居一家愁眉顿开。而其他被指定了要被收走的童男童女家也一样奉送给算命先生五十元钱，也依然是扎了个无心无肺的替身烧了，那一阵子小镇里火光不断。

算命先生敲着他的木鱼又去另外一个小镇了。那些童男童女活得一如从前。只是事隔两年后,也是夏天的光景,邻居的女孩患结核性脑膜炎死了。如果说算命先生算对的话,那么时间也错了,而且替身并未解决什么问题。那五十元钱只是买来了一束火光和悲伤。

从此以后,算命先生再来指定将被收走的童男童女的时候,家长们并不像以往一样害怕了,他们颇有哲理地说:"该收的留不住,该留的也收不走。"

算命先生算是无可奈何了。

在中国,有许多奇怪现象。近几年曾出现过两次抢购热潮,一次是一九八八年,一次是一九九〇年。尤其是一九八八年,消费者倾其积蓄,恨不能把一辈子要用的东西都买全。而一九九〇年则是家用电器的抢购热潮。中国很容易形成一股股热潮:琼瑶热、三毛热、岑凯伦热、金庸热、出国热、经商热等等。我想如今肯动脑筋想问题的人少了,依靠他人的经验人云亦云者多了,物质生活极大丰富的同时,如果精神生活不能与之同步的话,必然导致精神的匮乏和软弱。别人那样了,大家都那样了,我为什么不那样?这是大多数市民的心理状态,而很少有人在想自己:我为什么要和别人一样?

童子庙倒塌了,隔着万水千山我仿佛听见了那訇然倒坍的声音。一座庙的倒坍,应该是一个优秀神话诞生的时刻,而不应是在人的精神上再建一座童子的牢狱。那立在庙里的众多童子肯定是受不了这漫长岁月以来如老者一样安然垂立的生存状态了,童子庙的倒坍应该看作是童子的一次起义。从此,那庙里的童子不再负载别人的苦难,而能于粉身碎骨的刹那间体会到童子本真的自由、奔放和快乐。

明天就是鬼节了。夜幕低垂,我又听见外面的鞭炮声了。我想,这夜恐怕又不会是个静夜了。我真不希望童子在这样的声音中成长,这样的成长比夭折更为不幸。

我的眼前仍旧出现杨柳青年画中稚拙可爱的童子的笑靥,还有这样一种情景:

许多穿着节日盛装的童子站在秋日的田野上,他们在管风琴的伴奏下高唱丰收的歌曲,童真的歌声像流水一样清凉地回荡在宇宙间。我想上帝听到这种歌声也会感动的。

哀　蝶

　　我童年时曾是扼杀蝴蝶的小妖魔。大兴安岭有一种俗称大马莲的蝴蝶，深紫色，羽翼上有点点赤金的颜色，它比一般在花间蹁跹的蝴蝶要大上好几倍，雍容华贵，飞起来姿态娴雅，美得令人炫目。这种蝴蝶不大喜欢徘徊花间，它们通常是在林间的草地上翻飞悠游，我和许多女孩子那时最热衷的事便是用衣服罩住这种蝴蝶，将它捉到手中，它的羽翼在我的指间簌簌抖动的时候，我们便将它在掌心拍死，然后将它摆放平整夹在书页中。几天过后，蝴蝶干透了，便把它从书页中取出来。它的羽翼仍是紫色的，只是上面的金粉被碰落许多，脆极了，我在蝴蝶的身上插一颗图钉，然后将它按到白纸篷的灯畔。晚上拉亮电灯，哗地一照，灯畔那一圈已死的蝴蝶便栩栩如生了。那时我究竟扼杀了多少蝴蝶，已经无从计算了。只知道那些蝴蝶过不多久就会像落叶一样脱离纸篷，落下来的自然和泥土融为一体了。

蝴蝶的美是靠羽翼的震颤来传达的，而它的死亡也是由此带来的。折断它的羽翼，它便丧失了传达美的能力。艺术的羽翼同蝴蝶一样是华美而脆弱的。比如一幅名画，它可以在欣赏它的人面前呈现丰满辉煌的羽翼，给赏画的人以一种心灵的沟通和震动，但同时，一把意外的大火会使它化为灰尘。比较而言，陶器的羽翼才算最为坚硬，无论风吹日晒雨淋，都无法伤害它的本质，即使深埋地下，陶还是陶，所以陶才最能成为中国的象征，才经久不衰。

我曾经异想天开，认为应该把伟大的艺术品放入坟墓保存。因为展览大厅明亮的光线会使一幅画改变颜色，人的混沌的呼吸会伤害画的神经。但是如果创造艺术是为了让它进坟墓的话，那么人类又如何进行艺术的传达呢？又如何进行精神的交流呢？人是渺小的，艺术却是巍峨的。我们无法得到凡·高身上的一片指甲，但他的向日葵却比地球上所有开放的向日葵都灿烂、明亮和忧伤；我们无法得到柴可夫斯基的一根头发，可他的音乐的羽翼将在漫长世纪的空中低回，并且深深地感染着一代一代的人。所以我不再做把艺术品放入坟墓的梦想。我们庆幸人类的先知，他们创造了音乐、绘画、建筑、文学等等的艺术形式，他们向我们传达了已逝世纪的辉煌与宁静，喧嚣与平和，他们艰难地扇动着艺术的羽翼，告诉我们战争、和平、瘟疫、繁华、颓败等等人类曾经历过的一切，我们承受并延续着这一切。埃及的金字塔不可能成为人类文明的永久纪念碑，也可能再过几万年没人会知道凡·高、莫扎特、海明威这些在我们这个世纪仍被视为伟大的人物，因为艺术的羽翼既长久又脆弱，它很可能在飞向某一个世纪的途中彻底消失在茫茫宇宙中，创造这艺术的人的名字也一同沉沉地消失。但这些担忧已经不重要了，重要的是总会有艺术的羽翼会飞向未来的天空，它仍能给人带来生存以外的惊喜和慰藉。如同童年时我在苍茫的暗夜中哗地拉亮电灯，能看到那圈美丽的蝴蝶一般。

大约两年之前，我曾写过一篇悲观的文章《谁为这个世界送葬》（这文章最终没能发表），大意是说突然一日想到如果人类全部消亡了，这个世界不复存在了，能最后为这个世界送葬的是什么？我说是大地上翻飞的画卷、四散的书籍、破败的琴和空旷的建筑。当一颗流星最后一次划破天幕时，它会看到大地上我所设想的壮观场景，没有比这种送葬更动人的了。

这种杞人忧天的想法其实缘自内心深处对艺术深深的痴迷和渴望，也可视为对自己精神追求的一种激励。于是，艺术会为这个世界送葬成了我深信不疑的一个真理。人死后暴露出的白骨是那么千篇一律，可人的心灵创造出的艺术光华却又是那么斑斓夺目。这样想来，艺术的确是完善人生的一种途径了。

当我捺住蝴蝶时，当它的羽翼在我指间轻轻颤动时，我还会扼住它的呼吸吗？虽然我知道蝴蝶不经我的手早晚也会成为泥土的一部分，但现在我的心还是为二十几年前的过失而颤抖了。能够让羽翼震颤这是多么重要的事情，不然那羽翼又有何用？静止千年的美，也抵不上飞翔一瞬的美更动人心魄。因为后者是一种流光溢彩的美。所以我深深祈祷艺术的羽翼不要轻易被人折断，让它自由地颤动并且深入人心吧。同时，我也愿意在这遥远的北国，向着极北的童年生活领地深深地鞠一躬，哀悼那些毙命于我掌心的蝴蝶。

迷　惘

　　卖淫和吸毒一向被认为是旧中国留下来的恶习。其实这不单单是旧中国的产物，它是世界性的永恒议题，是伴随着人类发展时隐时现的两条永远环绕于我们的暗河。只不过它有时喧嚣，有时萧条罢了。

　　茨威格在《昨日的世界》中谈到性压抑时列举了一系列事件，几乎没有一座栅栏或者一个厕所没有被人涂上下流字画的；在游泳池里用来隔开女子游泳区的木板壁上，没有一堵不被人捅破几个木材节孔的；任何一家酒肆饭馆，都有小贩在桌子底下向青少年兜售裸体照片。他所说的这种现象，我在七十年代上小学时就经历过。厕所里的确写满了污言秽语，操场的沙地上也时常有人用木棍画出一些猥亵的图形。我忘记了茨威格在谈到卖淫问题时的原话，但他的观点我是深深记住的，那就是说人们不再有爱情时就出现了卖淫，我非常同意这个观点。

新中国成立后，妓女都从良了。五六十年代，人们"大炼钢铁""工业学大庆""农业学大寨"，挖沟筑渠、修整梯田，人们鼓足干劲，到处都是人潮涌动的群体形象。中国的史学家们，应该从甲午战争、戊戌变法、辛亥革命的阴影中走出来，好好研究一下"文革"十年的历史，因为这是一场比战争还要残酷的革命。放下这个话题不论，单说"文革"结束之后，中国很快进入了八十年代，群体的人渐渐走向个体，人们似乎一下子才明白人要活下去首先要从研究自身开始。一审视自身，麻烦大了，爱情在哪里？人最值得赖以生存的这种感情去了哪里？于是寻找爱情就成了人在受伤后最需要寻求的一种慰藉。找着的算是幸运，大多的人在心灵上仍处于流浪状态。改革开放，经济发展了，人的物质生活水平提高了，精神的孤独感也就越来越明显。首先从沿海的大城市开始，卖淫悄悄出现，进入九十年代，其势越来越猖獗，很难遏止，而且迅速向内地蔓延。你刚住进某一家旅馆，还没来得及洗上一把脸，电话铃响了（比克格勃还厉害），里面传来了软绵绵的要求周到服务的交易语；你在站前广场随便走走，便有人上来悄悄拉你的衣襟，暗送秋波。这种时候爱情不见了，情欲占了上风。当人们不再把道德看作像冰山一样巍峨、不再对道德顶礼膜拜时，人类的一切欲念（哪怕是邪恶的），都有了其存在的合理性。一个灵魂上正处于孤立无援状态的男人很自然就找到了发泄的温床。接下来的是什么？是更加刻骨铭心的孤独感和失落感。嫖娟和卖淫，这是一种公平交易，而"嫖"和"卖"字又用得何其准确和深刻。一种被嫖来的东西注定不是自己的，这种瞬间的占有只是为了释放苦闷和痛苦，而被出卖的东西也永远是不足珍惜的，因为卖者是不需要对自己的心灵负责的。人一旦不需要对自己的心灵负责时，是完全可以放浪形骸的。

我曾经看过一篇探讨离婚者离婚动机的文章，其中指出有很大一部分夫妻的离婚理由是由于性生活的不和谐。里面列举了一个女人在对记者陈述自己的痛苦时的原话："我不能容忍和他在一起做爱。"这句话真令人啼笑皆非，到了不能容忍的程度，怎么还能用"做爱"来称谓这一行为呢？我们的无知在于我们经受痛苦时却不知痛苦的根源。如果像那名女士一样笼统地把一切性行为称为做爱，那么假设她被强暴后在对法官陈述过程时也使用"做爱"一词，那么强奸者岂不成了施爱者，又何罪之有呢？

我们应该看重爱情，因为它已经渐渐远离了我们，远离了我们这个时代。我们是在一个缺乏爱情的环境中长大的人，我们以为《西厢记》讲述的是经典的爱情故事，以为贾宝玉和林黛玉之间寻死觅活的关系就是爱情。我们更以为梁山伯与祝英台的故事是爱情的典范了，死后双双羽化成蝶，形影相随，其实这是备受压抑的畸形的爱情。我们为什么不能过人的日子？

这是我由卖淫现象的抬头所引发的一点联想。的确，我同意茨威格的观点，人们只有在丧失爱情后才会去嫖。那么到哪里去找爱情呢？人人都有寻爱的权利，但不一定人人都有创造爱情的土壤。自身的修养、气质、理解和宽容能力的欠缺，都可能使爱情失之交臂。把性爱纯粹摆在公众面前，作为一个严肃的话题来大大方方地讨论，也许将不再会有人在厕所里涂鸦释放猥亵，不再会有人神秘地狭隘地对着街头地下录像厅的一两个黄色镜头而垂涎三尺。

再说吸毒。吸毒在旧中国可以说是达官显贵们的一种不可或缺的生活方式，在某种程度上，成了显示其身份的一种象征。几乎每一个有钱有势的人家都自设烟具，在香雾缭绕中寻求精神的迷醉感。清朝末代皇后婉容由于精神苦闷，从紫禁城到天津的张园一直吸毒。到了伪满的新京之后，住进了伪帝宫的婉容毒瘾越发不可控制，在她与人私通失去亲生骨肉而备受冷落后，毒品当然就成了她生命的唯一支柱了。她的精神失常是伴着毒瘾的一阵阵发作而悄悄降临的。我常常对着婉容端庄秀丽的照片生发出无限的同情，假使她不做皇后，也许现在她是一个心灵健康、儿孙满堂的老人，而因为她是秋鸿皇后，在王朝末日的深宫禁闱之中，她不吸毒又能做什么？

伪满时期还有一个赫赫有名的女子也是瘾君子，那就是川岛芳子。其实川岛芳子的一生并不是用"汉奸"一个词就能打发的，我这样说并没有为她在政治上所犯下的罪行而开脱的动机。我关注的是她的一生在爱情上的不幸。由于热恋少尉山家亨，而山家亨移情别恋，川岛芳子曾经自杀过，结局自然是自杀未遂，之后又由于与养父之间的被迫的暧昧关系而陷入精神上的绝望。川岛芳子能为山家亨自杀，这说明在川岛芳子在内心里认为，爱情是至高无上的，因为川岛芳子并没有为政治而自杀。我甚至认为她以后在政治上的永久迷失与她爱情上的不幸有关。川岛的吸毒，说穿了也就是释放一种苦闷和痛苦，人们总要为苦闷和痛苦找到迂回曲折的发泄途径，那么她选择吸毒便合理了。最近我看一部关于东北军兴衰史的书，才知道张学良也是瘾君子，这很难与我们心目中那个英姿勃勃的少帅形象相吻合。其实人的内心世界是极其复杂的，人常常由于处于极端的矛盾和焦虑状态而不能自拔，毒品是缓释矛盾和焦虑的最简单的起效最快的一种手段。难怪连马拉多纳也曾热爱过它，难怪现在仍然有络绎不绝的人在步他的后尘。我不由想起了李香兰在《万世流芳》中唱的《卖糖歌》，歌曲是主张戒烟的，可它的开篇歌词却写得如此诱人，隐隐带着一种欣赏的口吻:"烟盘儿富丽,烟味儿香,烟斗儿精致,烟泡儿黄。吸烟的快乐胜天堂,治病的功效胜医方。"接下来才有"牙如漆,嘴成方,背如弓,肩向上,眼泪鼻涕随时淌",虽然形成了对照与反差,但谁能不说它开篇的歌词反映了人富乐逍遥、对毒品沾沾自喜的一种心情呢?

当然,我这样说并不是赞成和鼓励吸毒。吸毒是一种不良的习气这是毫无疑问的。

卖淫和吸毒的双重再现,这足以说明我们的精神已经处于崩溃边缘了。我们正在这大千世界中迷失。我们正陷入前所未有的精神的迷惘状态。当我们的社会开始打击这些不良行为时,能否关注一下人的精神世界?要知道拯救人的精神就等于拯救了整个世界。

鞭笞与践踏

一九九一年夏末,为了参加《小说家》的张家界笔会,我与几位文友从京出发途经襄樊,住进站前广场的卧龙饭店。饭店之所以敢响当当地名为卧龙,是因为离襄樊咫尺之遥的卧龙岗是诸葛亮出山的地方。

吃过东道主盛情款待的辣气冲天的筵席后,傍晚时我们到广场上散步。花坛上盛开着一些并无美色可言的花,惨白的阳光斜照着通俗书报摊、食品摊和一些行色匆匆背包夹囊的旅人。大抵,全国的火车站门前都是这样一番景象:单调、陈旧、庸庸碌碌。晚夏的斜阳恰又是那么散散漫漫,旅途的疲顿似乎更加强烈了。

我的注意力很快被吸引到广场西侧的一个角落。一圈密密麻麻的人流看上去像风干了的稻草，我听见嘈杂的空间传来十分激烈的鞭笞声。

"啪啪啪啪啪——啪啪啪——"

这声音将脚步声、风掀动报摊书面的哗哗声、私人录像厅门前殷勤的招揽生意声、自鸣钟的报时声、汽车的行驶声，统统给镇压下去了。仿佛一位天王横空出世，威震四方。

"啪啪啪啪啪——啪啪啪——"

我循声而去。只见圆形的空场上有一个干瘦的面色黧黑的耍猴人，正举着两尺多长的皮鞭追打一只瘦弱的幼猴。黑色的皮鞭朝猴子身体急如星雨地落去，猴子东蹿西跳着，疼得抓耳挠腮，发出惨厉的嚎叫声。场子中央竖着一个简易的门形球架，横梁上吊着个篮筐，另一只老猴正神态安详地反复往里面投球。耍猴人大概也打累了，他放下鞭子，吆喝老猴停止投篮，老猴乖乖地扔下球站在一侧，像个老态龙钟唯命是听的奴仆。而耍猴人则直起腰，一只手臂垂立，另一只手臂则直指弃在一边的脏兮兮的彩球，示意幼猴去投篮。那神态俨然足球场上判罚点球的黑衣法官。幼猴朝围观者东张西望了一番，想想逃脱无门，也就驯顺地拾起彩球，万般无奈地带球前行，也许是因为心存了浓厚的抵触情绪，到了球架前，竟将球投飞了。耍猴人气急败坏地拾起鞭子照着它的屁股又是一顿暴打。幼猴再次投篮时就准确无误了。然而它的耐性很快就消磨光,投了七八个球之后,它索然无味地自作主张扔下球,大摇大摆地撒手不干了,它的耐性土崩瓦解。于是耍猴人又青着脸拾起鞭子去追打幼猴,鞭笞声抑扬顿挫,可见是打惯了,打出了节奏,而那奴仆一样面目愚钝的老猴则无动于衷地看着同类所遭受的鞭笞。

　　回到房间,心情有些阴郁,夜色徐徐来临,城市那凡俗的灯火像垃圾一样随处可见。我的眼前又闪现出了那只不甘屈辱的幼猴,还有那个跟猴子动真气的耍猴人。耍猴人必定是在人群中备受冷落的人。也许按照他的哲学,不成人上人,成猴上人也成吧,谁料猴子也不堪为下,耍猴人怎么能不大动肝火呢?更何况是在众目睽睽之下呢?耍猴人也许认为猴子的反叛是对他自尊的一种亵渎。

　　离开襄樊的那天傍晚,我又在站前广场遇见了那个耍猴人。这次他扛着简易木架,背着一只很大的发亮的木箱,牵着两只猴子沿着跳荡着夕阳余晖的路面朝前走。他汗流浃背,眼睛里泛出忧郁的神色,完全是个异乡人领着两只猴子在流浪。他(它)们夜晚将宿在何方?两只受到束缚的猴子在茫茫人海中显得那么孤立无援。那一刻,这一景象使我对耍猴人心存的怨恨冰消雪融了。虽然如此,那种非人的鞭笞声还是使我的感情天平更倾向猴子。被鞭笞者无疑是不幸的。

张家界不仅风光美，景点的名字也取得美，如断魂台、后花园、紫草潭。有一天我背着行囊在赴紫草潭的路上，忽然发现前方茂密的丛林一阵震颤，吓得我停住脚步。其时正盛传由长沙脱狱的两名罪犯潜入张家界，我以为遭遇壮烈了。由于耽于对紫草潭美名的幻想，我很想成为同行者中第一个看见紫草潭烟火的人，所以脱离了对美景留恋慢行的大队伍，只身走在前列，但那一瞬间真是后悔极了！前方的丛林仍然在微妙地震颤，树叶发出唰唰的响声，仿佛闪电在行走，我敛声屏气地观察着，却意外发现给我制造空前恐怖感的竟是一只毛头小猴！它此时正优哉游哉地单臂吊在树枝上，享受着阳光的照拂。我惊魂未定地冲它喊了一声，它才一耸身跳到另一棵树上。接着又是一串树叶被摇曳的唰唰唰的声音，泉水般的声音。

我不禁感慨万端，同是猴子，命运却如此不同，有的被人耍着，遭受鞭笞，而有的却自由出入于丛林之中，给人制造恶作剧。人类是在自己的领地上才能放肆大胆、得心应手地鞭笞猴子；而在猴子的家园，在它的领地上，在大自然青山绿水、杳无人烟处，难道人类不是它们所鞭笞的对象吗？我像襄樊街头那个可怜的幼猴一样无精打采地继续前行，因为我突然明白，前方的紫草潭不是我的家园，那是流落到襄樊街头的猴子的家园。即使浪迹他乡，它们仍然有那么美的家园。而人类的领地，高楼林立，尘土飞扬，嘈声不断，垃圾纵横，公园里贫血的花草被铁栅栏给保护起来，难怪在城市里看不见银河，在张家界却夜夜与银河迢迢相望，原来银河也是择美而栖啊。

比去张家界还要早的时候，一九八八年吧，我和西北大学的几个同学去华山。华山以险著称，游客多半深夜登山。在山脚租了可以挎在身上的手电筒，将备足的给养捐上，一行六人便出发了。晚风微拂，子夜的星辰安恬地释放着萤火似的光芒。初登时山道开阔，多有缓坡，所以并不觉得累，还可以畅怀地哼几首往昔岁月之河漂浮的歌谣。然而过了两个驿站后，栈道开始露出峥嵘险峻的面孔。越向上，路越狭窄崎岖。比我年长的体力不支的同学渐落身后，毕竟是在山区长大的人，我的耐力优势在此时充分体现出来。很快就一路领先，脱离了他们。大约又过了两三个驿站后，寒冷和黑暗朝我团团袭来，在经过一段又窄又陡只有一侧有防护锁链的险段后，我精疲力竭地坐在山间的一座凉亭中。我在等待同学。十分钟过去，半个小时过去了，我已经冷得发抖意欲继续攀登时，同学中的一个忽然气喘吁吁地喊着我的名字上来了。他说见我无影无踪，大家都很急，派他加快步伐来寻我。"每到一个驿站我都喊你的名字，都没有回声。刚才经过那个险段，我心想在这再听不到你的回声，你就……"同学欲言又止。

我歉意地笑了："被那个险段收留了？"

同学又气又急地说："那下面可是万丈悬崖！"

大约用了五小时的时间,我们终于全部到达顶峰。曙色微露,云海弥漫,重峦叠嶂中桃花点点,而山下古城的桃花早已谢了。峰顶上观日出的人比比皆是,空罐头盒、易拉罐、废纸在林间草地上四散着。人们翘首以待那轮古老的太阳以新鲜的面孔出现。然而它只在初升时露出一抹绯红,而后就一头钻进重重云雾中,使所有游客的美好愿望付之沧海。等到云气渐疏,太阳复出时,它已经改变了颜色,不是嫣红,而是银白。阳光如天河之水泼洒而下,使华山的景色赫然显露,华山的巍峨之美朗朗呈现。那一刻我站在华山之巅,忽然觉得华山是多么不幸:它因为美而备遭践踏,而且将被永远践踏下去;就好像你居住在北极的一间木屋里,在经受了隆冬时节的一夜朔风中,一觉醒来见窗外白雪降临,那静寂单纯之美唤起了你去踏雪的欲望一样。

　　人类在追寻美的同时,谁又会想到自己是以践踏者的姿态出现的呢?从这个意义上说,被人类发现的美已经改变了颜色,因为它们丧失了古朴、宁静、单纯的本色。如今很难领略到寂寞、孤傲之美了。我所去的华山,已经不是华山了。真正的华山已经在人进入它的那一天就死去了。从这个意义上说,我登临的是华山的墓地。富有灵性的太阳,是不情愿把它初始的微笑献给践踏者的。我们没有看到华山的日出,也就不足为奇了。

　　人类是在什么时候与善良、博爱、本真的美失之交臂的呢?

我们到哪里去散步

沙尘天气就像一匹肮脏的野马，满身风尘地来了。如果说十年前它对我们来说还是稀客的话，如今，它已经成为我们的常客了。每到春天，暖风袭来时，它就蠢蠢欲动了。只要气温骤然升高，又伴有大风的话，这匹极难驯服的野马就长驱而入了。

我还记得二十年前初来哈尔滨时的情形，那时太阳岛有大片大片的白桦林，岛上的鸟儿也很多，天也特别地蓝。那条穿城而过的松花江，江面宽阔，波光潋滟，看上去浩浩荡荡的，我最喜欢傍晚时坐在江堤上看落日。一条丰满的大江衔着金黄的落日的情景，真的是美不胜收。

曾几何时，当沙尘还没有光顾到我们的城市时，我们从松花江体态的变化上，就已经微微感觉到了我们将要面临的环境灾难。松花江越来越消瘦了，枯水期延长了，局部的断流出现了，水质下降。只短短几年的光景，它竟瘦成了一把骨头，即使是雨季，江面上也有裸露的沙洲。这时候你从松花江旁走过，会闻到一股刺鼻的臭味，往昔游人如织的斯大林大街，看上去也冷清了许多。松花江是我们唯一的饮用水源，它的早衰使我们这些家庭主妇在打开自来水龙头接水准备烹茶煲汤的时候，心中总是伴随着丝丝缕缕的恐惧和哀愁，我们期待着磨盘山水库早日竣工，那时我们会喝上清洁的放心水。

开放在给我们带来空前丰富的物质生活的同时，也给我们带来了意想不到的灾难。由于我们法制的不健全，由于对自然重视和认识的不足，更由于我们一些部门的领导片面追求经济效益和一些个人因利益的驱使铤而走险，我们盲目地建设了许多不该上的项目，比如污染水源的化工厂，比如侵占耕地的度假村等等。在不知不觉中，森林减少了，湿地减少了，物种减少了，我们打着"繁荣经济"的旗号向大自然步步逼近的时候，它们很公平地让消失的绿色变成了风沙，让枯竭的河流阻断了航运，让受了污染的蔬菜走进了千家万户的餐桌。

土地沙漠化的范围在逐步扩大，风沙这匹野马当然会有恃无恐地闯入我们的城市了。而驯服这匹野马，现在看来是一件极其艰辛的事情。

再看看我们居住的城市，很多主干马路每隔几年就要拓宽，每一次的改造，都要折损一些草木。而那宽敞的马路上的车流中，增多的并不是普通老百姓都要搭乘的公交车，而是每天都有新面孔出现的浩浩荡荡的私家车。所以从某种意义上来说，因这路而受惠的还是富人阶层。当众多的有钱人驾着私家车在车内听着音乐、嗅着他们用科技手段净化了的空气、怡然自得地奔驰在路上时，大多的老百姓还得在这些汽车散发出的尾气中面色苍黄地去挤公共汽车。我们的楼越建越多，水泥筑成的苍灰色石林在增加，而绿地却在减少。在哈尔滨，公园不仅没有开放式的，而且它的数量少得可怜。每一个楼盘的开发，在它竣工之时，其环境绿化的许诺都与宣传的大相径庭，所以开发商与业主的纠纷司空见惯，而业主如果诉诸法律，最终胜诉了，得到的也不过是区区的经济赔偿，环境却是已成事实的了。

"非典"流行，弄得人心惶惶的时候，医生建议广大市民要勤洗手，勤通风，勤锻炼，增加户外的活动量。可是我们到哪里去散步呢？我们如果不选择在熙来攘往的大街上散步，就只能在逼仄的小巷中穿行。所以每每在哈尔滨待得久了，我都有一股莫名的烦恼，对于我这个笔耕在家的人来说，每日必不可少的一项运动就是散步，可是每每我走出家门，都要踌躇良久,我去哪里散步呢?我就像一个迷路的孩子,茫然无从地站在街巷中,看着热闹的市井生活景象,心底涌起无边的苍凉来。人在本质上是孤独的,自然往往能给我们孤独的心灵带来某种安慰,可城市中的我们,离自然是越来越远了,我们的孤独,又有谁知呢?

是谁扼杀了哀愁

现代人一提"哀愁"二字,多带有鄙夷之色。好像物质文明高度发达了,哀愁就得像旧时代的长工一样,卷起铺盖走人。于是,我们看到的是张扬各种世俗欲望的生活图景,人们好像是卸下了禁锢自己千百年的镣铐,忘我地跳着、叫着,有如踏上了人性自由的乐土,显得那么亢奋。

哀愁如潮水一样渐渐回落了。没了哀愁,人们连梦想也没有了。缺乏了梦想的夜晚是那么的混沌,缺乏了梦想的黎明是那么的苍白。

也许因为我特殊的生活经历吧,我是那么的喜欢哀愁。我从来没有把哀愁看作颓废的代名词。相反,真正的哀愁是一种悲天悯人的情怀，是可以让人生长智慧、增长力量的。

哀愁的生长是需要土壤的，而我的土壤就是那片苍茫的冻土。是那种人烟寂寥处的几缕鸡鸣，是映照在白雪地上的一束月光。哀愁在这样的环境中，悄然飘入我的心灵。

我熟悉的一个擅长讲鬼怪故事的老人在春光中说没就没了，可他抽过的烟锅还在，怎不使人哀愁；雷电和狂风摧折了一片像蜡烛一样明亮的白桦林，那里的野花从此开得就少了，怎不令人哀愁；我期盼了一夏天的园田中的瓜果，在它即将成熟的时候，却被早霜断送了生命，怎不让人哀愁；雪来了，江封了，船停航了，我要有多半年的时光看不到轮船驶入码头，怎不叫人哀愁！

我所耳闻目睹的民间传奇故事、苍凉世事以及风云变幻的大自然，它们就像三股弦。它们扭结在一起，奏出了"哀愁"的旋律。所以创作伊始，我的笔触就自然而然地伸向了这片哀愁的天空，我也格外欣赏那些散发着哀愁之气的作品。我发现哀愁特别喜欢在俄罗斯落脚，那里的森林和草原似乎散发着一股酵母的气息，能把庸碌的生活发酵了，呈现出动人的诗意光泽，从而洞穿人的心灵世界。他们的美术、音乐和文学，无不洋溢着哀愁之气。比如列宾的《伏尔加河上的纤夫》、柴可夫斯基的《悲怆交响曲》、艾托玛托夫的《白轮船》、屠格涅夫的《白净草原》、阿斯塔菲耶夫的《鱼王》等等，它们博大幽深、苍凉辽阔，如远古的牧歌，凛冽而温暖。所以当我听到苏联解体的消息时，当全世界很多人为这个民族的前途而担忧的时候，我曾对人讲，俄罗斯是不死的，它会复苏的！理由就是：这是一个拥有了伟大哀愁的民族啊。

人的怜悯之心是裹挟在哀愁之中的，而缺乏了怜悯的艺术是不会有生命力的。哀愁是花朵上的露珠，是洒在水上的一片湿润而灿烂的夕照，是情到深处的一声知足的叹息。可是在这个时代，充斥在生活中的要么是欲望膨胀的号叫，要么是麻木不仁的冷漠。此时的哀愁就像丧家犬一样流落着。生活似乎在日新月异地发生着变化，新信息纷至沓来，几达爆炸的程度，人们生怕被扣上落伍和守旧的帽子，疲于认知新事物，应付新潮流。于是，我们的脚步在不断拔起的摩天大楼的玻璃幕墙间变得机械和迟缓，我们的目光在形形色色的庆典的焰火中变得干涩和贫乏，我们的心灵在第一时间获知了发生在世界任何一个角落的新闻时却变得茫然和焦渴。

在这样的时代，我们似乎已经不会哀愁了。密集的生活挤压了我们的梦想，求新的狗把我们追得疲于奔逃。我们实现了物质的梦想，获得了令人眩晕的所谓精神享受，可我们的心却像一枚在秋风中飘荡的果子，渐渐失去了水分和甜香气，干涩了、萎缩了。我们因为盲从而陷入精神的困境，丧失了自我，把自己囚禁在牢笼中，捆绑在尸床上。那种散发着哀愁之气的艺术的生活已经别我们而去了。

是谁扼杀了哀愁呢？是那一声连着一声的市井的叫卖声呢，还是让星光暗淡的闪烁的霓虹灯？是越来越炫目的高科技产品所散发的迷幻之气呢，还是大自然蒙难后产生出的滚滚沙尘？

我们被阻隔在了青山绿水之外，不闻清风鸟语，不见明月彩云，哀愁的土壤就这样寸寸流失。我们所创造的那些被标榜为艺术的作品，要么言之无物、空洞乏味，要么迷离傥荡、装神弄鬼。那些自诩切近底层生活的貌似饱满的东西，散发的却是一股雄赳赳的粗鄙之气。我们的心中不再有哀愁了，所以说尽管我们过得很热闹，但内心是空虚的；我们看似生活富足，可我们捧在手中的，不过是一只自慰的空碗罢了。

谁为这个世界送葬

　　这个世界忏悔的人越来越少了。尽管有那么多的教堂苍老地存在着,但它已经不再拥有真正的朝拜者和圣徒了。一种古典主义的心灵与上帝的对话是难以听到了。

　　男人和女人构成了单纯而庞大的人类。世世代代的繁衍使得人类家族的成员更加朝气蓬勃,尽管那自然的领地上遍布着坟冢和累累白骨,但沉沉暗夜中生出的声音仍然令黎明失血。

　　房屋的布局越来越紧凑,花园的面积越来越小,多少人为此丧失了家园和故乡。黄金和宝石使多少人丧魂落魄,而希望通过黄金和宝石使自己变得富有的人则更贪婪,希望通过黄金和宝石使自己变得美丽的人则更丑陋。那些采煤的人,炉火的温暖让他明白采煤可以让他活下去，他就在地层里为一种凝聚的光和热拼搏一生。而那在农村种着高粱和大豆的人，当一个薄雾迷蒙的清晨他驾着马车走进城市，发现那里已经没有马的道路时，他在回乡的路上是多么难过。

疲于奔命的人类。负债累累而伤痕累累的人类。科学考察和探险使地球不再拥有真正的处女地，国界和疆界使地球如蒙刀痕一般阴森可怖。战争、瘟疫、饥荒，自然和非自然的因素使人类原始的和平之气随风而逝。

一个在钢琴旁唱着赞美诗长大的孩子，他肯定认为参军真的是为了和平，直到他死在战场的那一瞬间，他还认为那是为了和平。一个受着良好教育的孩子，他循规蹈矩地长大成人后，来到日出而作日落而息的农庄时，他会认为那是个多么愚昧的地方。当他在紫红的夕阳中摇头叹息着离去时，他不知道，他失落了一生的文明。

城市越来越拥挤，公共汽车的站牌下挤满了焦灼候车的人。人类在丧失家园、走投无路时建立起来的城市，竟日益成为繁荣和文明的象征。

森林的面积日益狭小，梅花鹿向极北地区迁徙着，尽管那里的气候不适宜它生存，它还是向自然的领地迁徙着。有时它们就死在半路上。动物大量地减员，人类却疯狂地扩大自身的数字。海洋资源在"开发"的名目下，正一天天地被蚕食。大海空虚了。山峦空虚了。河流日益苍老，散漫昏黄的光晕令逐水而居的人类忧伤不已。

人类在破坏一种真正文明的同时，总是心虚地企图重建另外一种文明，并且广为提倡它，而提倡的东西永远都是不可靠的。不能使人的心灵产生真正共鸣的文明，难道不是触目惊心的愚昧吗？

我想人类是迷失了，在自己建构的世界里迷失了。

我曾在某一日突发奇想，设想了这样一场结局：

上帝来到人间的时候北极的海豹正乘着冰排向南极迁徙。许多水域消失了，历史进入了二十一世纪的前夜。上帝也苍老了，漫长世纪的博爱和施舍使得他看到眼前的情景时，觉得回天乏术了，于是上帝离开河岸。

男人和女人都消失了。房屋也不复存在。当然，昔日的农庄和金色的麦场也荡然无存了。一股瘟疫的味道仍然弥漫着。上帝嗅到了这种气味。他想：这些人从陆地消失的时候，他一定是在睡觉。

有一种梦境是漫长悠久的。梦醒之后整个世界已经进入黄昏时分。上帝会突然发现他给予这世界的善良和无私已经不知去向了。他创造过的世界正背离他创造的本意存在着，一切已经事与愿违。没有人再喜欢回首往事，一些机械的、单调的、尚在运动着的大脑很少对门前的乞讨人和河岸边重病的患者产生起码的同情。

上帝痛不欲生了。他自己背负着十字架,并未背走人间的一切罪恶。上帝闭上了眼睛,他对自己说:整个人类迷失了。

可上帝永远无法审判的是作为迷失者本身的自己。谁也无法普度众生,没有任何一双手可以挽救一艘不断下沉的船。

陆地消失了。

在海底,最自由的生命畅游着,世纪末的潜流使他们觉得苟延残喘者的可悲的幸福。上帝也随之来到海底。

后来,上帝浮出海面。

上帝浮出海面来干什么?如果上帝创造了这个世界,那么他完全有必要亲自为这个世界送葬;如果不是上帝,也许是许多珍奇动物的再生为这个世界送葬。也许都不是,而只是一颗流星划破天幕,以它一线妖娆的光明来为这世界送葬。

睡眠与劳动

睡眠就是把一条奔腾喧嚣的河给拦腰截断,让它微波不兴地暂时进入平静状态。然而并不是所有的河流都安于这种命运的安排,它们有的就冲破阻拦,仍然一泻千里地向前奔流,不舍昼夜。这就产生了失眠者,医学上称这种病为"神经衰弱"。

神经衰弱说白了就是睡不好觉。有觉不睡,岂不是烧包?再说睡觉是件多自然、多令人幸福的事啊。然而事情没那么简单,有的人就是辗转反侧,彻夜难眠,同窗外的星星一样睁着眼睛度过长夜。夜晚对于失眠者来讲,不再是温柔的梦乡,而是荆棘遍布、青蛇游走、充满阴沟的地狱。

神经衰弱者以知识分子居多。很少听见哪个农民抱怨他睡不着觉,更没有天真烂漫的儿童说他苦于失眠。看来知识和阅历是失眠的两大症结。没有知识,就没有更深的追求和幻想,没有那种精神激情驰骋后所造成的身心疲惫;没有阅历,也就少了那些断肠般的回忆和被惨痛现实撞得头破血流后的凄凉心境。失意、痛苦、徘徊、伤感、患得患失,这些都是造成失眠的主要因素。也许你会说,看破红尘,把一切置之度外不就安然了吗?然而我们就生活在滚滚红尘中,岂能获得真正意义上的超脱?就连弘一法师临终的手书遗言也是"悲欣交集"四个大字,那么大彻大悟的他仍然满含着人类共通的一种情怀,真让我们这些挣脱不了凡俗羁绊的人热泪盈眶。既然世界上清净的庙堂都可能是形式上的东西,那么我们只能在自己的心中设置一座庙堂来供奉它。没有上天赐予的福音书能够拯救你所面临的困境,于是你就让思维飞速旋转,搞得自己精疲力竭,却仍然是百思不得其解。于是乎就把白日的苦恼延伸到夜晚,在黑暗中承受苦不堪言的失眠。

有关治疗失眠的方法简直太多了。我想哪位有心人若是乐于搜集整理,定能出一本《失眠者百科全书》。西医上有为人们广泛使用的"助眠灵",中医有针灸、煎服汤药等疗法。最广泛的是流传于民间的一些说法,诸如数数,念佛经咒语,想象船在八级大风的海面上颠簸,想象绿意盈门的小院或者无边无际的沙漠……真是数不胜数。看来对精神疾病的治疗总是千奇百怪的。有些偏方对于个别患者确实有效,然而大多的是水中明月、纸上谈兵,给人似是而非的感觉。

我在师专做教师时曾有过失眠的经历,阶段性失眠。经常是夹着教案去讲台时呵欠连天,精神萎靡。人过三十岁之后,仿佛一双脚真正落到了大地上,幻想的东西少了,睡眠也变得踏实起来。然而也不是一沾枕头就能入眠,总要在床上辗转一番方能入睡。去年省作协分我一套新居,因我家人远在大兴安岭,所以只能独自操持装修工作。尽管请了装修公司不用我做具体的活儿,但是有些事儿还必得我去做。比如选择各种贴面材料的质地、颜色,比如选购卫生间的洁具。大到购买每个房间的吊灯,小到选购门把手和锁头,事必躬亲,我几乎把哈尔滨比较大的装饰材料市场都跑遍了。买到东西,往往是雇了三轮车拉回来,我坐在车尾,被骄阳曝晒得无精打采,就像个辛劳过度的农妇。所以那一段时间,我从新居工作完一天回到老房子,连爬楼的力气都没有了。吃过饭倒在床上立刻入睡,而且睡眠中多半没梦。整整一个月,因为过度的体力消耗,我尝到了睡眠的美好感觉。

前一段时间读到某位老作家谈当年被下放到农村的感觉,说他经过劳动后,奇怪的是多年睡不着觉的老毛病竟好了。我看后不禁哑然失笑。失眠与劳动确实有着水乳交融的关系,那就是体力劳动可以助眠,而脑力劳动则造成失眠。能够把二者恰当地结合起来，才是解决失眠的真正途径。

　　川端康成和海明威的晚年都被失眠所困扰，是否是失眠把他们搞得心力交瘁而用自戕的办法来寻求解脱、击碎一切梦境？杜拉斯晚年也因失眠而酗酒。我想人确实是痛苦的，因为当晚年我们的思维仍然敏捷、充满激情的时候，我们却没有足够的体力用劳动换得宁静的睡眠。当我们的灵魂还如此鲜活的时候，而躯壳却已残破不堪。即便如此，我想没有人会因此而放弃梦想。

假如

鱼也生有

翅膀

假如鱼也生有翅膀,
它便拥有两个世界了。

与自己相遇

我每天要照两回镜子——早晨和晚上。如果不上班,我一般都在九点左右起床,无论冬夏,这个时辰外面已是阳光灿烂了。我用冷水洗过脸,便站在镜子前:看看自己,也看着镜面上的阳光和静悄悄飞旋的时光。有时候休息得好,阳光又柔和,我看我时心情就很好。而有时候因为被噩梦纠缠了一夜,未睡踏实,眼眶乌青,满面疲惫,我就逃跑似的尽快离开那面镜子。女人面对自己憔悴时总是颇为脆弱的。

从镜子中看过了自己,就算是见过了一个人,我便心安理得地吃早饭,然后看书、写作、听音乐、吃零食、胡思乱想、百无聊赖地看看楼下的街景,之后免不了的又是午饭、午休。

有时午休的时间一直持续到午后三四点。一觉醒来，若赶上昼短夜长的深冬，外面便是落霞一片了。我便在内心责备自己太腐朽，但是这腐朽总是根深蒂固、坚不可摧，因为它让人感到舒服。

那就不改它，索性腐朽到底。

我有午后看报的习惯。战事、农事、体育新闻、影视热点、文坛趣话、医疗小常识、房屋出售动态、物价调控情况等等我都看，可见有时是无聊至极。无聊应该给人带来平和的心态，我却不然，有时居然恐慌。比如说有一天晚报登载一则小文，说本市的一个供给居民用水的水池发现了好几只死老鼠和臭袜子，我便恶心得好几天对自来水都深怀恐惧。然而人是很容易健忘的，过了不久，便将这事置于脑后，依然烧水沏茶，煮汤熬粥。我看报有时居然还愤怒。比如有家报纸报道一位曾红极一时的女演员归国发展，她对记者说要趁这几年还年轻多拍几部片子，她说再过几年她年纪大了，绝对不去吊观众的胃口："谁愿意看一个满脸皱纹的人在演戏？"这种无知若发生在一个农民身上我认为是一种可爱的善良，而出自一个很有知名度的女演员之口真使我怒不可遏，我在心底粗鲁地骂她一句："这傻×！"这女演员大概不知道，我是多么欣赏凯瑟琳·赫本——这棵好莱坞的常青树，她从青春的娇媚少女一直演到白发苍苍的老妪，她在《金色池塘》《明星残缘》里的出色表演真是让人顿生敬佩之情。她在《明星残缘》里那哆哆嗦嗦的步态、佝偻的身子、满面的皱纹、花白的头发以及由于面部神经痉挛而引起的面颊抽搐，都如此逼真地再现了一个艺术家的沧桑经历。我从中看到了真实的人的行为和精神的伟大。

一种愤怒却引起了另一段温情的遐想，我又在对美好事物的重温中获得了平静。

我有晚饭后散步的习惯，因为这是我生活中唯一的运动了。我从小就喜欢黄昏，黄昏给我一种很宽容的感觉。我散步的主要内容就是逛农贸市场的夜市，看看五花八门的小商品，听听嗡嗡嘤嘤的叫卖声，观察观察形形色色的人。鼻子里一会儿闻到煮茶蛋的酱油味，一会儿又闻到了烙合子的韭菜味，一会儿又闻到了蘸糖葫芦的甜香气。我是极其经不住吃的诱惑的，而且也不讲斯文，常常买了烤红薯或糖葫芦就边走边吃，早把空气中的尘埃忘到九霄云外了。有时逛完夜市，余兴未尽，天色尚早，便独自沿着中山路的林荫道慢吞吞地走一程，那时候便浮想联翩，想想老家的亲人、房子和菜园，想想一些旧日朋友，想想换季时该添置什么衣裳。当然，想这些事物时内心便温暖如炉火了。往往，我也想一些不快活的事，口蜜腹剑的人哪、渺茫的前程呀、单调乏味的日常琐事呀等等，把自己想得没有了散步的心情，而向回走时又总是与坐落在楼下的一座老教堂相遇，便觉得人生苦海无边了。

这样的散步真是败兴啊。所以为了不使自己胡思乱想，我常常是逛完夜市就打道回府，那时满身带着一股世俗气、一股人间烟火的气息。我需要这种气息来延续我的生命。

晚上的时光有时看电视，有时看书，有时边听调频音乐台的节目边写写信、记记日记。我感谢上帝，在我降生的那一年，也诞生了一大批光彩照人的足球明星，像范·巴斯滕、贝贝托，他们都是我的同龄人。足球的魅力简直一言难尽。它是最具有想象力、最能够充分体现人的个性的一种运动。一九九四年的世界杯足球赛，马拉多纳被迫过早退出使整个赛事减色不少，我甚至觉得足球这项运动应该取消兴奋剂检测这一说法。我的理解是：给一个平庸的球员注入一万支兴奋剂，他也踢不出马拉多纳状态不佳时的水平，那么抵制兴奋剂又有什么意义呢？足球疯狂起来才好看。在这项运动上，道德应该坐冷板凳。要么足球比赛干脆规定所有参赛球员都必须注射兴奋剂，看一群豹子在绿茵场上奔跑厮杀，多过瘾！

有足球看，电视机就成了我的心肝宝贝，当然比看假模假式、磨磨叽叽的电视剧来劲。以前我是喜欢看美国职业篮球赛的，但自从乔丹退役后，我有一种说不出的失落，觉得整个赛事黯然失色，变得平庸起来，那完全是对英雄的一种怀念。如果说这地球有一个外星人，这个人只能是乔丹，他把人的力量和激情推上登峰造极的境界。完全是一种怀旧情绪使然，有一个周一晚上我又去看美国职业篮球赛，不见了乔丹，画面上出现的是冉冉升起的一颗新星——奥尼尔，他正在讲述自己的生活经历。他自幼便被生父遗弃，生父是个酒鬼，对他粗鲁而不负责任。他的养父抚养奥尼尔成长，奥尼尔与养父感情笃深。待到奥尼尔成名后，他的生父又来认他，可奥尼尔却不认他。奥尼尔这样说："一个人并不能因为他把一个孩子带到世上就有资格做他的父亲。"这话太精彩了。我对自己说："奥尼尔还会更了不起的。"但我还是更热爱乔丹，我怀旧，而且乔丹永远是无可替代的。

这样的电视节目总是给我一种生存以外的惊喜和力量。

我喜欢听已逝的人的歌曲，它带给我优美而苍凉的感觉。像卡伦·卡朋特的《昔日重来》，周璇的《天涯歌女》《五月的风》，我是百听不厌的。他们消失了，可他们那感人至深的歌声却回荡在天地间。他们的灵魂就是歌声了。一个人大概就是这样获得永生的。在香港的所有歌星中，我最喜欢不幸早逝的陈百强，他的歌声亲切、充满怀想和失落，有种远离尘嚣的魅力。一九九五年元旦的黄昏，我听陈百强的歌声，听着已逝歌星的歌声，觉得生活是多么美丽、脆弱、残忍而高贵。

那个新年伊始的黄昏我是多么的伤感。

我这人爱憎分明，常调皮，有时不顺心也骂一句："他妈的！"我温柔而冰冷，顽强而脆弱。有时也哭，当然不喜欢在人前流泪。有时会独自喝点啤酒或葡萄酒,就着自己做的小菜,很惬意。但我不吸烟,我觉得女人吸烟不干净,女人的口腔应该散发出一种芬芳。这种想法也许会遭人骂。

晚上的时光就这样过去了。

睡觉前我又一次洗脸,然后再照一遍镜子:看看我。母亲曾警告过我,不让我夜间照镜子,说是照给鬼看。我才不怕鬼呢,因为我从未见过狰狞的鬼,却遇见过狰狞的人。

接下来便是无边无际的梦乡了。关于梦乡的故事还是让我留给我亲密的朋友来听吧。

桃李不言

"好人没有好报"这句话如今格外盛行，而且成为某些人公开声明不能做好人的"充分理由"。

好人为什么没有好报？我的回答是：好人为什么要求得到好报呢？假如你真是彻头彻尾的好人的话。

说"好人没有好报"的人本身就形形色色，它已经不完全标志着好人在四处碰壁、灰心失意后的一声内心长叹，有些恶贯满盈的人也在大言不惭地说这句话，因为这样的人从心底认定自己是好人。

关于"好人"概念的标准姑且不论，就说"回报"问题，是否所有的付出都要得到应有的报答呢？

我们的老祖宗留给我们的遗训是：受人滴水之恩，必当涌泉相报。这从另一角度为好人应该求得好报找到了口实。如果好人做一切事情在心里都有一种渴望得到报答的愿望，那么我则怀疑他做好人的动机是否出于自愿，是否夹杂着世俗的一些不可告人的目的？大众传媒给我们树立的好人形象无外乎克己奉公的人民公仆、见义勇为的英雄、各行各业的先进标兵，我不怀疑他们所做的一切对我们这个社会是有积极意义的。但是，当这些人频频在电视、报纸、广播上出头露面，戴着红花泪流满面地面对公众讲自己的先进事迹、以教育者的姿态心安理得地出现时，我则有着隐隐的担忧和警惕：一个人做了好事怎么就带着一副征服者的嘴脸呢？而被教育者也许会从他们的"风光"中悟到一些做"好人"所带来的那些实际利益，如金钱、荣誉、地位等等。于是人们做好人就渴望着报答。这使得我们的生活中出现了一些刻意做好人的人，他们的目的是做给别人看。

一个真正的好人应该内心平和，不以物喜、不以己悲，无论在什么情境下都能保有一颗质朴、纯粹、无私的爱心。这种境界的企及与人的自身修养和我们社会的文明程度有着密不可分的关系。好人在做好事的时候，就应该想到承受外界可能带给他的冷嘲热讽、挖苦甚至攻击。

我这样说，肯定有人会指责我：那谁还会做好人呢？

我的回答是：那就别做好人，假如你认定好人要有好报的话。

做一个真实的、自然的、遵守社会公德的普普通通的人，也许就是一个好人了。

"好人应有好报"这句话后面还隐藏着一个危险的念头：那就是施舍。渴望报答，说明你在做一切好事时带着一种居高临下的姿态，对人没有抱着一种平等的态度，而是带着一种挺高胸脯后"我予你"的快感，让别人吃嗟来之食，这是否是一种极其可怕的施舍心态呢？渴望别人对你俯首帖耳、低眉顺眼地好话说尽呢？

现在好人与坏人、善与恶的分野已经不那么泾渭分明了，因为人性本身就是复杂的、多重的。但是，一个真正有良知的人还是能很容易发现我们周围那些不善的人，口是心非、两面三刀、专门往人的伤口撒盐、靠攻击别人向上爬的人，当我们面对这样的人时，我们该怎么办呢？如果按照宗教包容一切的观点，我们对这样的人也许只能听之任之。但是，宗教给人的前提机会是忏悔，忏悔才能赎罪。对于一个不知忏悔的人来讲，我们宽宥他的罪过是否就是纵恶呢？虽然说不能以善对善，以恶对恶，但是不对恶表示一种反感、抗议和责难，恶将后患无穷。积极地有效地抑制恶，应该成为一个好人的自觉行为，应该成为一个人的美德。那种对恶熟视无睹、看似包容一切的人,其实是一种假人道主义者,一种伪善。

古人也有"桃李不言,下自成蹊"之说,这比"受人滴水之恩,必当涌泉相报"要高尚得多,真正的好人还是以此为勉吧。

我的女性观

女性是以母性的特征出现在社会舞台上的,她应该包含着母性特有的宽容、善良、隐忍、无私的性格特征。女性在生殖中获得对生命的认识,在抚养子女中自然而然地参与了对社会角色的认同。女性从来就不是完全独立的,她天然有比男性强烈得多的依附感和归属感,所以决定了她们看待世界的眼光流于感性,而感性是文学的"天籁",它们像闪光的珍珠一样四散,只要你巧手穿起来,就是一串美丽的项链。

上帝造人只有两种:男人和女人。这决定了他们必须相依相偎才能维系这个世界。宇宙间的太阳与月亮的转换可以看作是人世间男女之间所应有的关系,它们紧密衔接,不可替代,谁也别指望打倒谁。只有获得和谐，这个世界才不至于倾斜，才能维持平衡状态。

世界是由男人主宰的吗？我们看一看活跃在世界政治舞台上的百分之九十以上的男性风云人物，就会觉得女性只能甘拜下风。但女性不要忘了，男性做不了大自然的主宰，而女性的灵性气质往往更接近大自然，大自然才是宇宙间的永恒事物。

女性不应为自己的性别而苦恼，不能把妻子和母亲的角色看作是一种苦役，也别相信诗人那些愚蠢的比喻：女人是缠在男人身上的藤。要想获得心灵的真正解放，不是把男性骂得狗血淋头或是幻想角色转换，而是应该天然地优雅地做一个地地道道的女人。只要心灵自由了，就没那么多的怨艾和烦恼了。

女性应该树立起母性特有的高贵气质，而不是卑贱感，只有这样，她们才能获得真正意义上的精神的独立。

嫁给什么样的男人

当然不能嫁给在各方面条件都不如自己的男人。那样的男人会失去心理上的平衡，易怒易暴，鸡毛蒜皮的小事也会耿耿于怀，他会故意挑剔你的饭做得败人胃口，屋子里摆设不当，因为他要找理由说明你并不很出色，煞煞你的威风。那么即使你让屋子窗明几净，饭桌上热汤撩人，也无济于事。

男人太穷了也不好，计较琐碎，在该潇洒的时候瞻前顾后，他穷极无聊后便没了自尊，便要拿你撒气。而太富了又容易对所有的女人怜香惜玉，挥霍无度，颐指气使。看来还是小康标准为最佳。

男人太有事业心了会占去与你相处的时间，独守空房当然会使女人心生寂寞。耐住寂寞的就一肚子委屈，耐不住的就去追风逐月，使家庭出现不睦。而整日无所事事陪伴你由晨至昏的男人又让人觉得过于平庸。总在一起不好，经常不在一起又不好。怎么办？若即若离最妙。

酗酒的男人不好，不但损伤身体还耽误前程。过了中年手指就会哆嗦不已，老气横秋，胡子拉碴，思维迟钝，爱意陨落。若是喝过酒不耍"酒疯"倒好，受难的是他自己；而若是他酒后撒起野来，你就遭殃了。而事后他又会用酒醉来请求你原谅他的过失，让人奈何不得。

不爱洁的男人也不好。他的脏脚会弄污你的床单，油渍渍的衬衣领使你丧失了与他亲密的兴趣。最可怕的是牙齿间藏污纳垢，鼻毛和胡子连在了一块，他就是给你买了钻石戒指，也会让人高兴不起来。

那么嫁给一个什么样的男人呢？不穷不富，不胖不瘦，不凶暴又不过于缠绵，不酗酒又不吸烟，宽宏大度，讲究卫生，不乏浪漫情怀。世界上有这样的男人吗？假使有的话，还有个很关键的问题：他会娶持有这些想法的女人吗？

如果男人也反过来这样设想女人，你就会觉得持有这些想法不无恶劣。那样双方都没有了活路。

其实只要嫁给一个男人问题就迎刃而解了。只是不要幻想你披着婚纱跟着一个人走进教堂时，你最爱的那个人会从天而降把你抢走,那种场面只有电影上才出现,生活中你还是嫁鸡随鸡、嫁狗随狗吧。你也别指望在你生日的那天会有他送给你的蛋糕和鲜花,更别指望你情绪烦躁时他会及时为你送上一张旅行机票。

打消了这些幻想,人还是能嫁出去的,日子也能过得下去。只要几十年后他不对你操劳过度的脸显出厌烦和嫌弃,你便知足吧。

新闻这样告诉人们:

英国的查尔斯王子与戴安娜王妃终于对新闻界承认他们的婚姻已经名存实亡,准备近日离婚。当年他们的婚姻曾成为多少青年人的楷模,可见看似完美无缺的婚姻潜在的危险也最大。

法国著名的影星阿兰·德隆同新妻子结婚后生下了一个孩子,至今才两岁多。阿兰·德隆与前妻所生的儿子最近把妻子怀孕的消息告诉给父亲,希望这个要做爷爷的人能够高兴一下。可阿兰·德隆却显得分外沮丧,因为他不愿意承认自己青春已逝。大概他白发苍苍时也希望怀中抱着的不是自己的孙子,而是刚出世的儿子。可他的孙子总有一天要出生,还要在恰当的时候为他献上重孙子,假若阿兰·德隆高寿的话,他大概会痛不欲生。

一名云游四方的摄影师和一名乡村妇女浪漫地相遇,并且相爱终生。这是罗伯特·詹姆斯·沃勒这位美国作家在《廊桥遗梦》中为我们所描述的故事。它的魅力在于远离,假若男女主人公最终走到一起,一生厮守,这故事还会动人吗?让两个相爱的人的骨灰融合在一起,在清风荡漾的桥下,这当然就激起了许多人的伤怀的泪水。女人们会爱上那个理想的摄影师,而男人们会爱上那个淳朴典雅的乡村妇女。

不过真的嫁给罗伯特·金凯,天天陪他住汽车旅馆吗?

怦然心动的瞬间

如果让我给我喜欢看的电视节目排个先后次序的话，那就是体育节目、晚七点二十分至三十分的国际新闻（包括天气预报）、动物世界、国际影院。最喜欢的，非体育节目莫属。当然，这里面最富魅力而又为我钟情的就是足球比赛了。

我认为最能表现人类竞技之美的运动非足球莫属。进攻与防守节奏之转换、各种战术的交替运用、罚点球那令人敛声屏气的瞬间，以及双方球员互相紧逼、飞身铲球的姿态，都给人以变化万千、韵味十足的感觉。而且，足球是一种可以充分发挥人类想象力的运动，有些令人瞠目结舌的精彩进球连操作者本人事后都不可思议，球迷不得不惊叹那是足球场上的神来之笔了。

我第一次看足球并未为其所动。在我看来，无非是绿茵场上两伙人抢一个黑白色相间的皮球。裁判的哨声一响，再惊险的对抗也得戛然而止，让人觉得前功尽弃、毫无劲头。然而几年之后，我却在一个偶然机会发现了足球之美。那是一场意大利足球甲级联赛（哪两个队我已忘记了），只记得是一场水战，大雨如注，临到终场时分天晴了，阳光将绿茵场照得一片青翠，双方球员友好握手交换战袍，我为他们之间那种近乎咆哮的争斗之后的和平所深深感染了。那一瞬间我喜欢上了足球。

一九九〇年世界杯足球赛期间，我正在北京上学。我们班聚集着一伙球迷，其中有的是在文坛享有盛名的作家。在此期间，大家一律放下了笔，起早爬半夜地为一场场足球而牵掣而呐喊，白天时都不胜疲倦、昏然长睡，楼道里就常常响起教师接二连三敲门的声音：上课了，上课了。那一时期课堂里有三分之一的学生到场便是老师的福分了。非洲黑马喀麦隆与世界老牌劲旅阿根廷的首场比赛就令人耳目一新，而巴西的过早遭淘汰则让我惆怅不已。曾当过妇科医生的阿根廷队主教练比拉尔多真是魔法无边，他竟奇迹般地带领着以马拉多纳为首的球队跃过实力雄厚的意大利、巴西队，摘取亚军，而儒雅风流的贝肯鲍尔则率领势如破竹的西德队捧走了冠军杯。当马特乌斯手举金灿灿的冠军奖杯尽情欢笑时，我却不由得黯然神伤。因为四年一度的盛会已经结束，那一幕幕令人惊心动魄的画面已经成为历史，我们只能重温昨日的风采了。就好像小时候盼过年，年一过就有些怅然若失。

第九届欧洲杯足球赛期间，我正在家乡塔河。那是一场荷兰对丹麦的至关重要的比赛，荷兰队的门前频频告急，而坚韧不拔的丹麦队春风得意马蹄疾，长驱直入对方禁区巧妙配合制造射门机会时，我不由"啊呀"大叫一声从沙发上跳起来，当时只有两岁的小外甥正安安静静地站在茶桌前不厌其烦地摆弄已经打开了的火柴盒，他被我吓得一个激灵丢下火柴，哇哇哭叫起来，白色的火柴杆撒满地毯。母亲抱起她的外孙，心疼地为他使用招魂术，而我则受到了母亲的埋怨。真是毫无办法，一看起足球，我就忘乎所以了。

我如此热爱足球，几年来也因中国足球队伤透了心。狮城"黑色三分钟"，伊尔比德大溃败，都使我心绪烦躁。伊尔比德最后一役中国队与伊拉克队生死之战时，我多次跑到未见曙色的阳台上缓解越来越无望的心情，我期待着奇迹出现，就像天空中突然划过一道流星一样。终场结束前五分钟，我再一次跑到阳台上，打开窗户，凉爽的风使我战抖。我盼望着奇迹出现，当我回到房间望着那最后的画面，终场哨声丧钟一样为广大球迷而敲响时，我不禁流下了泪水。人的一生能有几个青春的四年？从我热爱足球至今，已经经历两个黑色的四年了。

"八年了,别提它了……"我真想模仿盛行一时的样板戏悲哀地唱一嗓子。

我就那样垂头丧气地从黑暗坐到黎明。我真希望我所看到的那个美丽的黎明是中国足球队的未来。西德队荣膺世界杯冠军和中国队再次陷入低谷,都是使我为之动容的时刻,那令人怦然心动的瞬间不管是欢乐还是悲哀,无疑都是可爱的。

中国足球：区域内的顺风球

我们出线了！

这是十月七日晚中国对阿曼的比赛刚一结束，赫然出现在电视荧屏上的五个大字。这五个字一遍遍地从五里河体育场欢腾的人群中跳将出来，仿佛五大瓶刚刚开启的香槟酒，向外洋溢着快乐的泡沫。

我们确实应该快乐，因为中国足球圆了四十四年的一个美梦。可是，有些美梦是圆得完美无缺的，而有些则是勉强为之的。

这场中国队战平阿曼就能出线的比赛，没有什么精彩可言，它实在是太平淡了。阿曼是新组建的年轻的球队，队员都是业余踢球的。就是这一支业余队，我们在主场"吃"它的时候却面露"暮色",我们牙口差得在上半场的前三十分钟连对方的皮毛都没有伤害一下,没有像样的射门,中场就像瘫痪了一样,输送不出强有力的炮弹。幸而有李铁、孙继海这样每场比赛发挥都比较正常的球员,否则阿曼早就撕开了中国队的防线,任你有天使(安琦)把门也无济于事。可是阿曼队实在是有些太漫不经心了,也许是因为积分垫底、出线无望的缘故,也许是他们不想在中国的主场坏了主队的好事(庆贺出线的空气,相信他们自到达沈阳的那天就嗅到了),尽管他们如鱼得水般地适应了寒冷的天气,且脚下功夫和体能状态都不错,可是他们硬是面对空门时自己滑倒,把胜利拱手让给了中国队。应该承认,郝海东的头球摆渡是那晚比赛最华丽的一笔,进球的人倒显得无足轻重了;无论是于根伟还是杨晨,碰到了"喂"得那么恰到好处的一个球,不进就没有道理了。

赢球了就好。但足球场上的赞誉并不都是留给胜利者的,所以有那么多的球迷喜欢巴西,为它没有拿到世界杯冠军而惋惜,为它对足球艺术而做出的巨大努力而表示敬意。我们出线了,可我们赢得了球迷全心全意的尊敬了么?

当终场哨声还没有响起来的时候,韩乔生迫不及待地念出了那些有关胜利的话语时,我想到的却是中国队以往冲击世界杯时,那两个著名的"黑色三分钟"。幸亏阿曼无心恋战,使中国队保得晚节,否则,那将是贻笑大方的。要知道足球是圆的，它可不长眼睛，想进谁家的球门就进。它不会顾及你的庆功宴已经摆下，不会顾及你已经提前做好了的冲击世界杯成功的纪念邮票。不过我没有看到新的"黑色三分钟"的出现，那担心纯粹是杞人忧天。

提前两轮出线，是我们绝对的实力使然，还是教练的神奇点拨起了作用，抑或是运气占了上风？以我的陋见，三个因素都存在。不可否认的是，中国足球推行职业化以来，球员的技战术素养有了很大提高，对足球的敬业精神也增强了。米卢又是一个用兵神奇的教练，一个高级厨师，在他拥有了一定的材料后，是应该做出一道好菜来的。更为重要的是，下一届是日、韩共同承办世界杯，他们作为东道主直接进入世界杯后，在亚洲区，最强的两只猛虎是自动隐退了。中国队与余下的这些国家的比赛，又抽到了一支上上签，我们世界杯出线是水到渠成的了。难啃的骨头都避过去了。所以从严格意义来说，我们取得的是区域性的胜利。不要因为一脚踏入了世界杯而飘飘然。

方方前天来电话，她说《羊城晚报》让她写一篇有关足球的文章，她问我为什么米卢能够把中国队带得这么好，而同是外籍教练的霍顿和施拉普纳却不行。我告诉她："因为米卢来自社会主义国家，他与我们有天然的亲近感。霍顿和施拉普纳是发达资本主义国家的人。"看来还是社会主义好啊（一笑）。

鸡冠花为谁盛开

大连万达主场不败的神话大约深深打动了中国足协的心，所以他们在中国队进军世界杯决赛的征程上，挥别了紫禁城有喜有忧的工体，毅然决然转战大连。大连一时间成为中国球迷乃至亚洲足坛关注的焦点。我们多希望那清凉的海风能涤荡中国足球以往冲击世界杯的阴影和晦气，让我们这些球迷在初秋的日子里能畅快地喝上一杯首战告捷的美酒。

我还记得狮城"黑色三分钟"时观看直播的同学们脸上呆若木鸡的神色，也记得伊尔比德施拉普纳率众将士又一次令人痛心疾首地败下阵来的那个黑暗时刻。伊尔比德的那次失利我是一个人在家观看的，终场哨声哀鸿般响起的时候我便也抑制不住地泪流满面。事后跟一些朋友说及此事，大家没有一个不嘲笑我的幼稚的，他们说：你跟中国队这样值得吗？据我所知，有一些眼高的球迷，看惯了高水平的欧洲联赛，对这类比赛根本不屑一顾，而且他们声言早把中国队看破了。可我却看不破，随着十强战的烽火，我便意识到与他们撕心裂肺、荣辱与共的日子可能又会掉头重来，但我不能放过这样的机会。

既然大连这块风水宝地成为主场，我就像个穷人突然看见了金子一样感到了某种安慰。我甚至在比赛的当天中午跑到街上去买了一束鸡冠花。"鸡"谐音"吉"，而且中国的版图形状如鸡，中国队是代表这只雄鸡出征的；"冠"的美好含义则不言自明了。这束鸡冠花红艳艳、茸嘟嘟、沉甸甸的，看着就让人赏心悦目。我把它插在瓶中用水养起来，特意摆在电视机旁。想来想去还觉不够，虽然室内很冷，还特意洗了个头，一副洗心革面的样子，一身清爽地观看比赛，其虔诚和痴情连我自己都被感动了。

激动人心的时刻终于来临了。当范志毅踢进了那个从门框正中撞入球门、力量很大的点球，我的心跟着狂跳了一阵。但我很快冷静下来，因为我不喜欢点球，它的得来往往给人似是而非、捡了便宜的感觉，会无形中削弱队伍的战斗力。我所理解的进球永远是义无反顾地冲破禁区的层层防守而建功，这样更见球员的灵气、技巧和功力。也许正由于点球的难以判断性造成了许多球员一进入禁区遭遇对方防守队员就要四仰八叉倒在地上，有的是千真万确被铲倒在地，有的则是佯装，于是点球的判罚向来争议最大。倒在地上的球员一律是一副痛苦不堪的表情——有时球员也兼做演员的角色。当然，有的人不但没有为本队贡献一个点球，反而因其假意摔倒而吃了一张黄牌，他自然不愿意把这黄牌咽到肚子里，所以站起来时总是摇头耸肩地表示冤枉（也的确有受冤枉的），禁区也就成了进攻球员和防守球员的生死场。当然，我并不是说中国队的第一个进球不应该得到（虽然它肯定有争议），范志毅的点球也射得很漂亮，只是我个人讨厌以点球积分的这点不良好的开始。真正令球迷击节叫好的是李明的那一记突如其来的射门，它角度刁、流畅、自然、激情澎湃，那一瞬间我情不自禁地从沙发上跳了起来，为李明喝彩，想着那束鸡冠花最应该献给他。然而中国队永远是在优势比较明显之后令球迷失望，这时他们反而不会踢球了，而两球落后的伊朗队却没有迈进地狱之门，他们依然踢得有章有法，一副从容不迫的风范。应该承认，范志毅所犯的那个错误使伊朗队获得点球而开始了复苏之旅，但范志毅是否是代人受过呢？什么位置都要靠他去"补"，难免于急躁中顾此失彼、酿下大错。

伊朗队在下半场却打得气势如虹，而国家队教练组并没有充分意识到伊朗队的强大攻击性。伊朗队在客场能打得如此精彩，除了说明他们心理素质过硬之外，不能不承认他们在技术上胜人一筹。所以韩乔生在解说时的那句"两个队在实力上也差不多"就显得荒唐可笑。"黄金替补"高峰上场显得尤为可怜，面对着中国队这样一支疲惫之师，没有什么更好的机会提供给他。郝海东因两张黄牌在身不能上场，那么最适合替他的人选是高峰而不是姚夏，因为高峰在整支球队发挥正常时往往能有较好的即兴发挥。至于区楚良，虽然这场比赛他的状态有点紧张，但我们已经不能再责备他什么了。尤其是伊朗队的那记远射，很多人认为区楚良没有做出很好的反应，我不这么看。那时区楚良前面有我方的好几名后卫，他们直着身子，丝毫没有感觉到远射的威胁。区楚良视野中的队友（我们的后卫）并没有给他一种紧张感，他自然以为硝烟还未升起，前方平安无事，谁料那种"导弹式"的射门就突然发生了呢？

把一场局面很好的球输掉了，我想中国队的教练和球员比我们更痛心。中国队首战失利并不是偶然的。首先是戚务生自己就六神无主，他最初把国家队的集训队员名单弄得像皇帝后宫的妃嫔一样众多，说明他是一个心中无数的教练，结果他在大赛已至还演练不出一套成熟的阵法来。其次是热身赛的盲目乐观使得整支球队产生了轻敌的思想。像那样的比赛谁又会跟你真刀真枪地拼呢？他们要拼的是国内联赛、"三大杯"赛事、奥运会以及世界杯，他不会全心全意地为你的热身而把看家本领全部使出来。

如果说伊朗队向中国队刮起了旋风的话,那么更强劲的风暴——沙特还在后头。中国队的路该怎么走?

看完比赛,哈尔滨的天已经昏暗了,我周身有一种寒冷的感觉。这时《花城》的文能从广州打来电话,他说:"迟子建,节哀吧!"当夜我便高烧起来,烧得热血沸腾,以致看几小时后的德甲直播时,望着电视画面眼前恍恍惚惚。那束紫红的鸡冠花,我甚至不想再多看它一眼,不知它在为谁盛开?

仔细想来,首场比赛失利对球迷来讲也许不是坏事。因为我们往往是开始笑,最后哭;这次开始就哭,没准会笑在后头呢!如此一想,心中又开始存有某种希望,想着中国队客场挑战卡塔尔的球还要看。只是那时再也不敢去买鸡冠花了,因为我不知道什么是中国队的吉祥花。

呼唤旧时代

刚刚谢幕的欧洲足球锦标赛总给人一种吃了残羹冷炙的感觉。它的紧张程度和观赏性与前几届相比逊色许多。明证之一便是此届欧锦赛并没有哪一位英雄横空出世、叱咤风云。没有"天才"独占鳌头的大赛注定是一场平庸的赛事。究其原委,裁判执法的严格是刺伤强劲的进攻神经的一个客观因素,但最为主要的,是功利的胜负观的掣肘使足球比赛变得缩手缩脚,球队与球队之间的风格差异日渐缩小,激情和想象力正如潮水一般退去。英格兰骁勇、剽悍的攻势足球已经风头不再,拥有豪华阵容的意大利因为萨基的保守打法而使其自决其堤。当许多人为苏格兰的某场胜利而欢呼不已时,我却对他们在场上的那种几乎不出家门的群体抗衡和防守深恶痛绝。他们更像一群穿着花格裙子坐在树下望风景的女人。这样的胜利跟失败一样不幸。

也许是强烈的怀旧情绪使然，我总对已逝的事物抱有永久的依恋。足球发展到今天，技术越来越娴熟和细腻了，而绿茵场上的雄风却不如当年了。马拉多纳和古利特可能是这个世纪最后的两名足球天才了。尽管现在仍然有如日中天的克林斯曼、威赫等球星在光芒四射，但他们的魅力比起苏格拉底、鲁梅尼格还是略逊一筹。足球史上最为凄艳的一笔大约应算作范·巴斯滕的过早挂靴，他也是一个天才型的可以创造奇迹的球星。他更是我所喜爱的为数不多的几个球星之一。他的球技与个人风度几乎达到了完美统一的地步，更容易引起似我这样的女球迷的钟爱。从他身上，你能感觉到一个好球员所应有的内敛的激情和火山喷发般的强劲爆发力。他在欧锦赛上的那个凌空抽射与马拉多纳连过数人突入禁区攻门一样，堪称这个世纪的经典之作。这样激动人心的情景在近些年的大赛中几乎难以寻觅了。足球场上硝烟照样弥漫，照样有各色球迷脸上涂满油彩在摇旗呐喊，可它本身的魅力正在大打折扣。此次欧锦赛有很多场比赛是靠点球决出胜负的，这并非说明两支相抗衡的球队势均力敌，而恰恰表明优势较强的一方因为怕失利而畏手畏脚，放弃自身的技术特点和风格，带着一种"归隐田园"的没落情怀死守家门。这样的时刻，锋线上的那些球员就像可怜的孤儿一样无家可归，无所作为。我讨厌点球大战，它太功利了。我喜欢在九十分钟之内干脆利索解决问题的球队，这样的胜利才货真价实。所以从某种意义上说，我是个足球的唯美主义者。一场不好看的球又有什么值得欢呼的？哪怕它是冠亚军的争夺战。

我没有理由责备那些球员。他们只能在教练的指挥下规矩谨慎地踢球。教练和球员都需要胜利，任何一个俱乐部的老板都不会把香槟酒的泡沫淋到失利者的头上。胜利这块巨石压得他们透不过气来。与此同时，暴力也明目张胆走向足球，年轻的埃斯科巴的喋血使我在那一时期想起足球就有一种隐隐的恶心。他的死对所有的后卫都是致命的一击。谁能保证自己在守城池的时候万无一失？

胜利在某种时刻成了魔鬼。人们为了追求胜利而把足球的艺术性抛到九霄云外。巴西虽然荣膺上一届世界杯冠军，但几乎所有的球迷都在惋惜，巴西的足球不如以往好看了，巴西为了登上王者的宝座变得现实起来了。足球风格正是这样被悄悄地磨掉的。当然，我们没有理由为了大饱技术足球的眼福而让巴西作为殉葬者。但我仍然对攻势足球充满敬意和向往。它注定会是保持球迷不会远离看台的一粒火种。

当生活越来越失去诗意和光彩时，观赏足球无疑给我注入了一支兴奋剂。洒落在绿茵场上的阳光仍然生机勃勃。在这样的暑热天气回想足球史上曾有的辉煌瞬间，我期待这样的时刻还会重现。当想象力和天赋又回到一名足球运动员身上时，天才又会无拘无束地出世。我会举起一杯啤酒，遥遥地为这样的英雄干杯！

足球不可演绎

　　近读足球皇帝贝肯鲍尔的自传《半世球魂》,才知这位足球场上有史以来最为风度翩翩的自由人竟然拍过一部电影,名为《自由中卫》。它于一九七三年摄制完成,一九七四年上映。当它出笼后,德国一些新闻媒体对贝氏的表演颇多微词。这使我联想到我看到的有关足球的电影电视剧,的确没有一部让人动心过。我想用影视来演绎足球是极为冒险的,因为足球是激情的产物,它以无与伦比的真实性和现场感牵制着球迷,而影视则不可能达到这种效果。所以它给人一种隔靴搔痒甚至是做作的感觉。哪怕像贝肯鲍尔这样的大牌球星亲自参与的拍摄,也不可能给人一种赏心悦目之感。我很理解那些尖刻的批评,因为球迷希望看到的还是贝肯鲍尔在真正的足球场上像风一样流畅地奔跑的身影,他在电影中哪怕使尽浑身解数展示球技,也不可能得到观众的喝彩,因为人们感觉他在演戏。

看足球的人大概都会有这种体验,对现场直播的比赛总是怀着无比激动的心情,而对录播节目则明显缺乏热情。所以几乎所有的球迷在看录播节目时最恐惧事先知道比赛的结果,他们力图在既成事实的结果中仍然营造出一种悬念感,这样在观赏的过程中还能随着足球场上的风云变幻或喜或悲。即使如此,录播节目因为缺乏中场休息而让人感觉少了点什么。这一点我跟别人大约不一样,我太喜欢中场休息了。在那段时间里,球员们是在休息室里稍事休整、听教练员布置下半场的技战术安排,而我则能在中场休息时离开座位去喝水或吃水果。有时还跑到阳台上看一会儿夜景,感觉一下晚风的清爽宜人。最常看的是周六的德甲和周日的意大利联赛的直播,中场休息时基本都是接近午夜的时光,所以若想更舒服地看下半场比赛,就得赶紧去卫生间洗漱,然后偎在被窝里舒舒服服地看暂时消散的硝烟又如何在足球场上弥漫。最让人觉得惬意的是中场休息时你可以不知不觉地扮演教练员的角色,上半场哪位锋线队员在频频出现的良机下总是难以洞穿对方的球门,哪位中场球员又不能纵观全局、毫无眼光地把球传到最平庸的不可能撕开对方防线的点上,哪位后卫又在集体造越位时总是戏剧性地慢半拍或者在别人的快速反击中只会亦步亦趋地跟着，直至到达禁区才幡然醒悟飞身铲断，而这迟来的决断往往是恭恭敬敬地送给对方一个吃下就可能会饱的点球，却将自己一方推上死亡的边缘。凡此种种，你会想锋线、中场或者后卫在下半场该进行人员调整了，这时你会有一种忐忑不安的心情，不知自己的预感是否准确。下半场一开球，若是发现教练的想法果然与你不谋而合，你会有一种猜谜者猜中谜底的喜悦。再看锋线球员也许会觉得他充满了灵感，而中场球员则像年轻而健康的人的血管中的血一样充沛地流淌。至于新上场的后卫，也许仅仅因为如你所愿换了人，你会觉得他不再呆头呆脑。中场休息带给人的遐想和乐趣简直太多了。所以缺乏了中场休息的录播节目即使再好，也仿佛是看到一座轻隽美观的桥梁断了一个桥墩而充满遗憾。

　　球迷是挑剔的，就连缺乏了中场休息的录播球赛都让人充满遗憾，更何况是对足球戏剧化的演绎呢，它带给人的肯定是一种如鲠在喉的阻塞感。因为影视是要靠故事来串联的，足球在里面即使作为主线来发展，也肯定给人一种似是而非的感觉，因为它不是纯粹的足球，与足球精神相去甚远。把它消解为诸多故事其实是对它本身魅力的一种败坏。足球是现场感色彩尤为强烈的一种运动，它瞬息万变，我们可以随时领略看台上球迷肝肠欲断或者欣喜若狂的表情，这种场面影视是要靠

"演"才能完成，而演绎激情是不可能成功的。说到底，足球只需要真正的角色，它是演员难以替代的。即使像贝肯鲍尔这样的球星可以积极地以身试法，也是和者寥寥。《自由中卫》尘封在电影资料馆中也就不足为奇了。

足球的不可演绎除了因为它无法与足球场上的激情和真实同步外，还在于它缺乏观赏性和审美感。那些不热爱足球的人对以它为题材的影视肯定不感兴趣，他们不如去看港台电视连续剧或好莱坞的经典爱情片来得过瘾。对此类影视感兴趣的，还是球迷。而球迷是吃过大菜的人，对这类作品中若有若无、不痛不痒的足球景观肯定视其为小菜一碟，不以为然也就在所难免了。战争是可以演绎的，因为战争不可能使每个人身临其境，除了幸存下来的一些新闻资料片外，不会有人看到对战争的现场直播，所以它能演绎出催人泪下的故事。而足球却与人有着密切的关系，它因为较少距离感而使其出现的一切都变得格外丰富多彩和诱人，那么即使你费尽心血地去演绎，也只能给人皮毛之感。足球赛本身就是极富魅力的故事。它有悲伤、幸福、绝望、快乐、失落等等复杂的情感。你不仅能看到球员的表现，还能随时领略裁判和教练的风采，更有看台上的广大球迷的形形色色的表演使你大饱眼福。这还不够吗？

我曾和同事开过玩笑，我说旧式婚姻一个最大的好处就是，夫妻双方往往是到了入洞房的时候才能目睹对方的容貌。

我想新郎为新娘掀红盖头的那一瞬，肯定跟球迷看现场直播的足球赛一样充满激情，因为它具有神秘感。当然，盖头掀开之后，也许是彻头彻尾的幸福，也许是苦不堪言的失望，这也与球迷观看足球赛过程中的复杂心情一样。现在德甲和意甲联赛已经硝烟散尽，双休日的夜晚因此也变得黯淡无华。不知《足球之夜》的编导们能否与德方联系，将那部躺在资料馆里的《自由中卫》的拷贝买来，让我们在联赛间歇一饱眼福？尽管我一再申明足球不可演绎，但能够看到二十多年前贝肯鲍尔的风采不也是一件快事吗？

时尚与匮乏

九十年代的中国有两大社会现象足以引起人们的关注和沉思：小品热和足球热。前者把民俗中粗鄙的东西几乎不加掩饰和剔除地尽情展览给观众，使南腔北调的方言像蚂蟥一样在舞台上泛滥，给文艺界带来了一股不小的冲击波，以至于一些从事影视或相声行当的演员也屈身混迹其中。打开电视机，在众多的频道中，总会看见小品的影子。而足球则伴着洋教头施拉普纳的到来重新燃起了冲击世界杯的希望之火。也许人们认定外国的一切东西都是好的，远来的和尚好念经，所以对施拉普纳倾注了极大的热情和厚望。岂料我们在施大爷踏上中国国土时铺上一条充满吉庆气氛的红地毯令其充满光明地迈开步伐，而他则在伊尔比德的溃败声中把一条充满荆棘而黑暗的路馈赠予我们。其实施拉普纳并不比徐根宝高明多少。只不过个性鲜明的徐根宝喊出了"横下一条心，一定要出线"的口号，把自己逼到了"下台"的绝路上去；而精明的施大爷则用他的煽情本领把球迷的胃口吊得老高，仿佛失败也是辉煌的。然而国人没那么傻，施大爷最终还是卷起铺盖回家，虽然后来他又来到中国执教了一段前卫寰岛队，但对中国足球来讲，他只能做个看客而已。既然洋教练并不像我们想的那样包治百病，因噎废食的中国足协又把目光放在自家的园田上，重新物色人选。以稳重著称的戚务生便破天荒地接过两项帅印：执教国家队和国奥队。中国足球的战车又吱吱嘎嘎地重新启动，与之交相呼应的，是中国足协痛定思痛后所推行的改革，实现中国足球的职业化，于是甲A甲B的联赛如火如荼地开展起来，各地球市开始火爆起来。球员在阳光灿烂但却空气稀薄的海埂通过近乎残酷的体能测试后，便能披上战袍"上岗"。球员的收入开始令人瞠目结舌地飞速增长；许多休养生息多年的名教头重新出山（如苏永舜）；中央电视台体育部也适时地推出长达四小时的《足球之夜》栏目；意甲、德甲、英超的直播交错进行；各种商业比赛频繁进行，使球迷在自己的绿茵场边能看到声名显赫的AC米兰、桑普多利亚等队的风采。一时间，足球成了老百姓关注的热点和焦点。打开电视机，除了小品之外，我们还常常能看到足球的影子,欣赏到精彩程度不一的赛事。

足球像小品一样虚假地"火"了。这两种具有中国特色的事物都经历了由盛而衰的共同过程。虽然它们属于不同的领域,但它们的病因却是相通的:对一项事业敬业精神的欠缺、理解程度的表面化以及基础能力的匮乏。

先说小品,当它可怕地在不知不觉中成为一种文艺时尚后,当它把方言俚语展览已尽,人们不再捧腹大笑时,他们只能尴尬地用小品的形式图解着观念,试图"寓教于乐",使得观众作呕。究其原委,是小品演员本身知识的贫乏和对这种艺术形式理解的浅表。他们厚着脸皮靠粗鄙的东西赚得了与其身份不相称的大把大把的钞票后,其实还未必懂得小品是什么。不要说他们与卓别林这样的喜剧大师永远无法相提并论,就是马三立、侯宝林这样的前辈,他们也只能徒羡和仰望。不过本文的主旨还在于足球,有关小品与足球之间关系的联想就此打住。

戚务生接过两套教鞭雄心勃勃地上路了。应该承认,创业初始的他也曾呈现给球迷几场赏心悦目的赛事。但是随着时间的推移,我们越来越明显地看到了他在排兵布阵上的陈旧和调兵遣将上的慌张。其实这一届的中国队人才济济,不至于使他在用兵时捉襟见肘。"放之四海而皆准"的范志毅正处于事业的黄金时代;郝海东、高峰等是攻城拔寨的好手;中场丧失彭伟国后,虎虎有生气的刘军可以从容镇守;李铁、于根伟、申思、吴承瑛、张效瑞等少年也渐露英雄本色。徐弘虽然年龄偏大,但他率领的后防线还多少让国人放下些心。这一匹匹好马正待一位好驭手的调教与驯化,而中国足球界给予了戚务生足够的时间。打牌的人都知道一个浅显的道理,手中拥有王牌并不一定能取胜,关键要看手中那副牌相互间的搭配组合。王牌有时也是孤掌难鸣、难扭颓势的。而中国队手中鲜有如马拉多纳、罗伯特·巴乔这样可以在大赛中扭转乾坤、一脚定江山的"王牌"。冷静下来之后,我们除了埋怨戚务生作为驭手能力卑微之外,我们的球员是否也属于不堪造就之列呢?我曾对某位从事足球工作的人士说过,中国的球员很像如今的独生子女,娇弱而又骄纵。他们在训练上懒得下功夫,缺乏文化素养,身上沾染了许多恶习。因为长期受宠而听不得半点批评,意志薄弱,职业意识淡漠。我们常常看见他们在场上抽筋、围堵裁判、在越位区域缩手缩脚地等裁判的哨音而贻误大好战机、在比分领先后无与伦比地懈怠……这一切说明了什么?他们缺乏对足球发自内心的热爱。正因为他们可能仅仅把足球作为一种谋生手段或者出人头地的阶梯,使得可能原本良好的足球悟性日渐丧失和耗损,使得他们在大赛的生死关头还想着不要受伤,以免影响他在俱乐部的前程——高额收入。当风尘仆仆的中国女足在奥运会上夺得亚军时、当她们又一次蝉联了亚洲冠军时，我们那些乘着包机去沙特已处于悬崖边缘却仍抱着"保平争胜"思想的中国男足的全体将士和教练员们应该感到汗颜。他们的身价与他们的成绩简直落差太大了。《义勇军进行曲》每次在男足生死攸关的绿茵场上奏响的时候，就给人某种"黑色幽默"的感觉。由于足球意识的淡漠和对这项事业爱得不深，某大牌球星谈及"打假球"时竟是一脸的坦然和淡然，认为这是一种很平常的、心照不宣的事。看来打假球在球员心中是件由来已久、似已约定俗成的事。这使得我想起亚洲杯上中日之战的某一幕，当中日打平即可携手出线，在那场平淡得让人想起"阴谋"这个词的比赛尾声的时候，日本队突然洞穿了中国的球门，傻眼和尴尬的是谁？（此系一种可能性的推测，不做事实讨论。）我并不是一个狂热偏执的民族主义者，也主张中日人民世世代代友好下去，只是觉得在胜负的问题上，还是把命运掌握在自己手中为好。如果将来打假球也成为一种时尚的话，那将是中国足球最大的耻辱和悲哀。

当中国足球风靡了大江南北的时候，老百姓又及时总结出了"喝可口可乐，吃康师傅方便面，看东方时空，为足球喊号子"这样的谚语，可见足球已经成为生活的一种时尚。然而起步较晚而底子贫瘠的中国足球却难以承受这样沉重的桂冠。足球圈出现了许多咄咄怪事。比如日益显著的"黑哨"；比如甲A各队把打败大连万达作为创造神话的开始；比如甲B只因徐根宝说出了"冲不上甲A，绝不当主教练"的"狂言"，就引起甲B各兄弟队对广州松日格外地"恩爱有加"，使得联赛终结前的徐根宝如坐针毡、英雄失色；比如今年甲A联赛结束时被许多球迷认定的"假球"；比如天津立飞三星队主场对广东宏远在弥漫的大雾中进行比赛却没有必备的红色皮球矫正运动员和球迷的视线，而每当主场进球时，电视画面追踪的不是球迷和球员的喜怒哀乐，而是几个坐在主席台前官员模样的人在不温不火地鼓掌的镜头，这真具有中国特色。而我们却能在德甲直播中看到进球后的雷哈格尔提着矿泉水瓶像孩子一样奔跑欢呼的身影；看到意甲直播中球迷的花脸和五颜六色的焰火。我们还会看到吃冰激凌的小球迷和在边线上游荡的警犬，这一切都为足球赛事增添了无与伦比的魅力。在今年的足协杯决赛上，我们除了对中国足协没有选择在第三地进行决赛（或者实行主客场制）而稍表遗憾外，还是对这个赛季的落幕战抱以极大的热情。北京国安队确实打出了气势和水平，然而韩国裁判那个引起极大争议的"越位进球"却引起了球迷的不满。更为令人遗憾的是，作为主帅的金志扬事后对此事的看法竟是"这次我们得了便宜，那以前我们吃亏的时候呢"，这种小孩子斗气的话真让人哭笑不得。一个教练员，连承认事实的勇气都没有，只能说明他内心的虚弱。也许是打败安杰伊比打败迟尚斌更容易让人亢奋，毕竟安杰伊是一名洋教头。但是广大球迷不会因为安杰伊的失利而丧失对他的尊敬。这个赛季最精彩的比赛，也就是上海申花队与大连万达队共同演绎的。上海申花队在主场很干脆漂亮地赢了万达队，我在为安杰伊叫好的时候，也为同姓的迟尚斌感到庆幸。他终于可以如释重负地度上一个长假，过一个平静的春节了。作为一个靶子如果永久得不到射手的袭击，那么天长日久它自己都会锈蚀下去的。

中国足球在本世纪末最后一次冲击世界杯的西征途中再一次失足。中国足协最初的反思是关于"二流"队伍的定位，引起了国人强烈的不满。现在关于"定位"的讨论基本尘埃落定，当下最关键的问题是谁有能力给淤积在泥沙中的中国足球之河做好分流、疏通的工作？中国足球会在二十一世纪让我们看到曙光吗？

论谦卑

读师专二年级时,一个秋高气爽的日子,有位男生突然发疯了。他手执一根铁条,先是把三楼走廊的玻璃砸得稀里哗啦,然后他又跳到二楼,依然噼啪噼啪地用铁条砸走廊的玻璃。同学们从教室里如惊弓之鸟般望风而逃,他像孙悟空提着无往而不胜的棒子一样神气活现地在整座楼里痛快淋漓地造反,所向披靡。我们站在楼外面,听着惊心动魄的玻璃的破碎声,紧张地盯着教学楼的大门。一旦他出来,我们就准备狂奔撤退。既然他疯了,没准也会把我们的脸当作玻璃顺路砸下去。校领导、老师和保卫处的干事一筹莫展,因为他手中有一根杀伤力极强的铁条,所以没人敢进楼去制止他。他也就一路凯歌高奏地把所有的玻璃砸了个片甲不留，然后十分亢奋地、英雄气十足地走出教学楼。他一出来，便被隐藏在门口的保卫干事给奋力擒住。

原来他是数学系的一名男生，模样斯文，平时从不大声说话，学习很用功，逢人便露出谦卑的笑容。虽然我与他从未说过话，但偶然与他相遇时，也领略过他点头之后的谦卑一笑。他的突然发疯在校园引起了轩然大波，有人说是因为爱情，有人说是因为功课的压力，还有人说是对社会的不满，总之莫衷一是。我觉得若是因为爱情发疯还让人同情，如果因为功课的压力则太荒唐可笑了。因为我们那所师专随便你怎么混都会安然毕业，何必自讨苦吃呢。至于对社会的不满，我不知道他受过怎样的挫折。在我看来，全世界没有哪个地方是真正的天堂和净土，对社会的一些丑恶现象抱有不满是正常的，但如果正义到使自己发疯，是否真的就能说明你自己是一个彻头彻尾的真理捍卫者？在我看来，捍卫真理者首先应该是坚强的人。

那个同学被家长接走送入了疯人院。学校不得不运来一汽车玻璃，由玻璃匠把它们一一切割再安装上，足足镶了两天的时间。新玻璃给人一种水洗般的明亮感觉，走廊也因此豁然明朗了。我们在这走廊里说笑和眺望窗外的原野和小河，全然把这个发疯的同学给忘记了。只是到了快毕业的时候，突然又有人说起他，他不明真相的发疯又引起了大家的议论，人们都惋惜他，说他若是不发疯，也会像我们一样走上工作岗位了。凡是与他有过交往的同学都对他口碑绝佳，认为他最大的优点便是谦卑，是个好人。他们共同强调"谦卑"的时候我的心头忽然一亮：没准是"谦卑"使他发疯的呢。试想，一个人整天都压抑着自己的好恶而在意别人的脸色，他的天性和本能必然要受到层层阻挠，早晚有一天会承受不了这些而发疯。

"谦卑"一词在《现代汉语词典》里是这样注解的：谦虚，不自高自大（多用于晚辈对长辈）。

我以为括号里的提示尤为重要。既然谦卑多用于晚辈对长辈，那么在同龄者的交往中表现"谦卑"是不是就不正常？谦卑过分让人感觉到夹着尾巴做人的低贱，同龄者之间更多的应该是坦诚相对地嬉笑怒骂。我想那男生发疯的最主要原因在于他把可怕的谦卑广泛展览给了同龄人，他就仿佛把自己吊在半空中一样上不去又下不来，处境尴尬，久而久之他就灵魂崩溃了，所以他最后才会对准玻璃毫不谦卑地奋勇砸下去。

谦卑其实是一种经过掩饰后出现的品格。它含有讨巧的意味。它是压制个性健康发展的隐形杀手。在现代生活中，由于错综复杂的人际交往和形形色色的利益之争，谦卑有时还成了保护自己的一种有效方式，那便是伪装谦卑，装孙子，从中获得好处。因为我们这个素有"礼仪之邦"之称的中华民族视谦卑为美德，看到一个人在你面前战战兢兢、低眉顺眼、小心翼翼、点头哈腰地与你交谈，总比看一个人居高临下、眉飞色舞、颐指气使甚至飞扬跋扈地与你交谈要舒服得多，所以假谦卑在社会上风头极健、大行其道，明知它是一种伪善，偏偏还是一唱百和。

真正的谦卑是伤害自己（如我那个发疯的同学），因而令人同情；而伪装的谦卑则会伤害别人，它想做的事就是逼你发疯。这是我最近才深深顿悟到的。

不久前我到一处名声很大的旅游点参加某次会议。主办者在接待上确实周到热情，令人感动。无论是饮食还是住宿，都让人觉得很舒服。其中某个接待我们的人则更是满面谦卑，一会儿问住得好不好，一会儿又问吃得可不可口。这种无微不至的关心有时甚至让人有诚惶诚恐的感觉。这人与你讲任何话，都要先说一句"对不起"，那一瞬间你便会心慌意乱地以为自己做了什么错事，然而这人对你说的无非是明天几点起床吃早餐，午后去哪一处景点诸如此类的话。这就不免令人怪讶，觉得这礼貌用语实在没有来由。我对毛笔字一向生怯，所以逢到签名时便忐忑不安，若是主人备有碳素软笔便可解除这份尴尬，偏偏有时只有毛笔横在砚台旁。我看着文房四宝就像看到刑具一样顿生寒意。虚荣的我便常常提前离开热闹的签名场所，逃之夭夭，唯恐自己的字丢人现眼。有一天我便这样溜了，然而没想到总是满面谦卑的这人却找到我说，人家招待你们的人没什么恶意，只求你们这些名人签个字，是尊重你，怎么你却一脸地不屑一顾？我如临大敌地实情相告，然而这无济于事，这人大概已经认定我是在耍"名人"的派头。真是冤枉！把我想成名人抬举了我不说，没有哪个赴会者会想着去得罪主人。于是我就想我所看到的谦卑只是杀气腾腾背后的一层假意温和，事实也证明了这一点。当我随之在那个景点对某新闻单位的采访讲了几句真话，说这风景我并不陌生不觉新奇之后，马上遭到了另外的谦卑者的攻击：口气真大呀，太自以为是了……

那么他们需要我说什么呢？我终于明白了，是要把我也塑造成一个如他们一样的谦卑者，微笑着对着陈旧的风景无心无肺地抒情，对每一个接待者（不管其气质你如何不喜欢）都低三下四地拱手相谢。大概只有这样，我才是他们所认为的完美的人吧？

可我不想成为那样的谦卑者，因为那种谦卑会令我发疯。我活得虽不灿烂，但很平实，既憧憬爱情又热爱文学，不想疯。而且，我相信一颗真正自由的灵魂会使我的激情和才情永不枯竭。只有这样，我才会对得起自己和上帝。

一只惊天动地的虫子

我对虫子是不陌生的。小时候在菜园和森林中,见过形形色色的虫子。绿色的软绵绵的喜欢吊在杨树枝上的毛毛虫,爱在菜园中飞来飞去的有着漂亮的壳的花大姐,以及在树缝中养尊处优的肥美的白色虫子,都曾带给我许多的乐趣。我曾用树枝挑着绿色的毛毛虫去吓唬比我年幼的小孩子;曾经在菜园中捉了花大姐将它放到透明的玻璃瓶中,看它金红色夹杂着黑色线条的光亮的"外衣";曾经抠过树缝中的虫子,将它投到火里,品尝它的滋味,想着啄木鸟喜欢吃的东西,一定甘美异常。至于在路上和田间匍匐着的蚂蚁,我对它们更是无所顾忌,想踩死一只就踩死一只,仿佛虫子是大自然中最低贱的生灵,践踏它们是天经地义的。

成年之后,我不拿虫子恶作剧了,这并不是因为对它们有特别的怜惜之情,而是由于逐渐地把它们给淡忘了。这时候我注意的是飞鸟,是流云,是高耸入云的百年老树,是湖泊中的野雁,是森林的白雪地上奔逃的兔子。虫子就像尘埃一样,被这些事物给深深地掩埋了。

然而去年的春节,我却被一只虫子给深深地震撼了。这一年来,我从来没有忘记过它,它就像一盏灯,在我心情最灰暗的时刻,送来一缕明媚的光。如今我写着以上的文字,想要描述它时,又仿佛看见了它那矫健的身影——虽然说它是那般的小;又仿佛听见了它被摔下来时那山呼海啸般的声音——虽然说根本就没有什么声音出现。

去年在故乡,正月初一,我过完除夕从弟弟家回到自己的家。推开家门,见陈设还是过去的陈设,杜鹃依然如往年一样怒放着,而窗外的雪山和草滩也一如既往地沐浴着冬日清冷的阳光,这物是人非的场景让我觉得分外苍凉。我孤独地站在屋子的窗前,久久不肯离开。我想让目光与那些流云做伴,因为它们行踪飘忽,时有时无,与我迷离的心态正吻合。

后来是一个电话让我把目光又转向室内。接过电话,我给供奉在厅堂的菩萨上了三炷香,然后席地而坐,闻着檀香的幽香,茫然地看着光亮的乳黄色的地板。地板干干净净的,看不到杂物和灰尘。突然，我的视野中出现了一个小黑点，开始我以为那是我穿的黑毛衣散落的绒球碎屑，可是，这小黑点渐渐地朝佛龛这侧移动着，我意识到它可能是只虫子。

它果然就是一只虫子！我不知它从哪里来，它比蚂蚁还要小，通体的黑色，形似乌龟，有很多细密的触角，背上有个锅盖形状的黑壳，漆黑漆黑的，它爬起来姿态万千，一会儿横着走，一会儿竖着走，好像这地板是它的舞台，它在上面跳着多姿多彩的舞。当它快行进到佛龛的时候，它停住了脚步，似乎是闻到了奇异的香气，显得格外地好奇。它这一停，仿佛是一个指挥着千军万马的将军在酝酿着什么重大决策。果然，它再次前行时就不那么恣意妄为了，它一往无前地朝着佛龛进军，转眼之间，已经是兵临城下，巍然站在了佛龛与地板的交界处。我以为它就此收兵了，谁料它只是在交界处略微停了停，就朝高高的佛龛爬去。在平面上爬行，它是那么的得心应手，而朝着垂直的佛龛爬，它的整个身子悬在空中，而且佛龛油着光亮的暗红的油漆，不利于它攀登，它刚一上去，就栽了个跟斗。它最初的那一跌，让我暗笑了一声，想着它尝到苦头后一定会掉转身子离开。然而它摆正身子后，又一次向着佛龛攀登。这回它比上次爬得高些，所以跌下时就比第一次要重。它在地板上四脚朝天地挣扎了一番，才使自己翻过身来。我以为它会接受教训，掉头而去了，谁料它重整旗鼓后选择的又是攀登！佛龛上的香燃烧了近一半，在它的香气下，一只无名的黑壳虫子一次一次地继续它认定的旅程。它不屈不挠地爬，又反反复复地摔下来，可是它不惧疼痛，依然为它的目标而奋斗着。有一回，它已经爬了两尺来高了，可最终还是摔了下来，它在地板上打滚，好久也翻不过身来，它的触角乱抖着，像被狂风吹拂的野草。我便伸出一根手指，轻轻地帮它翻过身来，并且把它推到离佛龛远些的地方。它看上去很愤怒，因为它被推到新地方后，一路疾行又朝佛龛处走来，这次我的耳朵出现了幻觉，我分明听见了万马奔腾的声音，听见了嘹亮的号角，我看见了一个伟大的战士，一个身子小小却背负着伟大梦想的英雄。它又朝佛龛爬上去了，也许是体力耗尽的缘故，它爬得还没有先前高，很快又摔了下来。我不敢再看这只虫子，比之它的顽强，我觉得惭愧，当它跟跟跄跄地又朝佛龛爬去的时候，我离开了厅堂，我想上天对我不薄，让我在一瞬间看到了最壮丽的诗史。

几天之后，我在佛龛下的角落里发现了一只死去的虫子。它是黑壳的，看上去很瘦小，我不知它是不是我看到的那只虫子。它的触角残缺不齐，但它的背上的黑壳，却依然那么地明亮。在单调而贫乏的白色天光下，这闪烁的黑色就是光明！

假如鱼也生有翅膀

在没有人类之前,这世界上普遍存在的是动物植物,是花鸟虫鱼、山川草木、飞禽走兽。鱼在水底游,它们的世界总是晶莹透明的。飞鸟在空中感受日光,它们择秀木而栖,把动人的鸣叫声传递给在树下奔跑着的鹿。当然,自然界不总是风和日丽的,它也有豺狼虎豹,也有弱肉强食的血淋淋的屠杀。野兔被狼撕扯的哀叫声与蝴蝶对花朵的亲吻声融会在一起。

我相信动物与植物之间也有语言的交流,只不过人类从诞生之日生就的"智慧"与这种充满灵性的语言有着天然的隔膜,因而无法破译。鱼也会弹琴,它们把水底的卵石作为琴键,用尾巴轻轻地敲击着,水面泛开的涟漪就是那乐声的折射。我想它们也有记录自己语言的方式，也许鸟儿将它们的话语印在了树皮上，不然那上面何至于有斑斑驳驳的沧桑的印痕？也许岩石上的苔藓就是鹿刻在上面的语言，而被海浪冲刷到岸边的五彩贝壳是鱼希望能到岸上来的语言表达方式。

  对于这样一些隐秘的、生动的、遥远的、亲切而又陌生的、糊涂而又清晰的、苍凉而又青春的语言，我们究竟能感知多少呢？在梦境里，与我日常相伴的不是人，而是动物和植物。白日里所企盼的一朵花没开，它在夜里却开得汪洋恣肆、如火如荼。童年时所到过的一处河湾，它在梦里竟然焕发出彩虹一样的妖娆颜色。我还在梦里见过会发光的树、游在水池中的鳖、狂奔的猎狗和浓云密布的天空。有时也梦见人，这人多半是已作了古的，他们与我娓娓讲述着生活的故事，仿佛他们还活着。我曾想，一个人的一生有一半是在睡眠中度过的，假如你活了八十岁，有四十年是在做梦，究竟哪一种生活和画面是更真实的人生呢？

  有时我想，梦境也是一种现实，这种现实以风景动物为依托，是一种拟人化的现实，人世间所有的哲理其实都应该产生自它们之中。我们没有理由轻视它，把它们视为虚无。要知道，在梦境中，梦境的情、景、事是现实，而承载着梦境的"我们"则只是一具躯壳，是真正的虚无。而且，梦境的语言具有永恒性，只要你有呼吸、有思维，它就无休止地出现，给人带来无穷无尽的联想。它们就像盛筵上酒杯被碰撞后所发出的清脆温暖的响声一样,令人回味无穷。

人类把语言最终变成纸张上的文字,本身就是一个冒险的不负责任的举动,因为纸会衰朽,它承受不了风雨雷电的袭击。如果人类有一天真的消亡了,这样的文字又怎会流传下去呢?所以,我们应该更多地与大自然亲近,与它对话和交流,它们也许会在我们已不在了的时候,把我们心底的话永存下来。

假如鱼也生有翅膀,它便拥有两个世界了。一个是水底的,一个是天上的。天上的鱼在飞翔的时候,也许会这样想,把文字留在水底的卵石上,不如让它们镌刻在空中更好。因为天空是一张多么广大的纸张啊。当水底的鱼哀叹人间已繁华不再时,飞翔的鱼却仍可赞美身下美轮美奂的废墟。

当我七八岁在北极村生活的时候,我认定世界就北极村这么大。当我年长以后到过了许多地方,见到了更多的人和更绚丽的风景之后,我回过头来一想,世界其实还是那么大,它只是一个小小的北极村。

骂声中的浪漫

　　没有挨过骂的人和没有骂过人的人,大约是不存在的吧。
　　我不是伴着行云流水般的音乐声或者是和风细雨的呵护声长大的孩子。我们这些来自底层、来自乡村、来自原野山林的孩子,对骂声是不陌生的。骂声就像蘑菇一样,喜欢依附那些散发着湿漉漉的鲜活的生命气息的地方生成,譬如庸碌的街市、匍匐着蟑螂的土炕、蚊虫飞舞的庄稼地、苍莽无际的山林等。这骂声既有人与人之间的,也有人与动物、植物之间的。在人与人之间的骂声里,最常见的是长辈骂晚辈和夫妻对骂。长辈骂晚辈,似乎总是天经地义的,所以长辈骂起来是那么的干脆利落、理直气壮。夫妻对骂,由于是平辈之间的骂,所以哪一方占上风是不固定的。大多的情况下，理亏的一方在骂人时，明显地底气不足；但也存在着另一种情形，愈是理亏愈是飞扬跋扈、大吵大嚷，似乎把调门提高了八度，就是正义和真理的化身了。

骂声在我的记忆中像小老鼠一样可以四处流窜。有的时候你刚在家听到父母因为一些鸡毛蒜皮的琐事骂起来了，跟着，街巷中传来了更为猛烈的骂声：或许是两个男人因为醉了，酒后无德地像风中的柳树一样摇晃着谩骂起来；或许是两个女人因为争风吃醋而撕扯扭打到了一起。街巷中的骂声，是别人家的骂声，我们这些小孩子就像听见马戏团来了，飞快地跑出家门，瞧热闹去。因为家中父母的骂声我们已熟稔于心，是老腔调，提不起什么兴致，而外面的骂声往往由于有围观者的因素，那骂声就有几分展览的色彩，充满了戏剧味。有的时候，听一通淋漓尽致、富有创造性的骂声，真的是快乐无比。我发现那些大字不识几个的人在骂人上非常地有智慧，既阴损刻薄又活泼幽默，常听得我们捧腹大笑。骂声就像生命的一团活水，使他们的表情显得格外生动。一个总是沉思默想的人容易给人一种迟钝、木讷的感觉，而一个有声有色骂人的人看上去则充满了活力。骂声在某些时刻就是吹向沉闷小屋的清凉的晚风，分外怡人。所以，我童年聆听的骂声是不乏浪漫之气的。

骂声其实是很复杂的。大多的骂是有针对性的，一对一地对骂，互不相让，那些最下流的词出现的频率就格外高，它们无一例外地与人的生殖器官有关。我还记得刚学会查字典时，就按图索骥地查找那些骂人的字，想看看它们究竟长着一副什么模样，是不是丑得令人作呕，结果它们十有八九在字典中没有位置，好像那些脏字会玷污了字典似的，这让我很气馁。想着凡是能说出口的字，都应该在里面有一席之地，就请教身为知识分子的父亲：字典为何如此瞧不起脏字？结果反倒被父亲叱骂一顿，好像说出这种话的我不是个纯洁的女孩似的。至今我写小说中的人物对话运用到被划到脏字行列的个别字时，高科技产物的电脑的字库竟然也没有储存这样的字，急得我抓耳挠腮。

其实骂声并不总是愤怒的产物。相反，它与甜蜜、温暖、幸福、快乐是密不可分的。哪个男人没有体味过爱他的女人的娇嗔的骂？我童年所听过的骂声，这样的骂就占了很大比例。小夫妻常在院子里推推搡搡地温存地对骂着，那骂声软软的、柔柔的，跟丝绸一样。而农人们在田间开着男女之间的玩笑时，这种骂也时不时地像水面的波纹一样绽开，引来阵阵笑声。骂声在此时很有点莺歌燕舞的意味，让人有如沐春光的感觉。

在浪漫的骂声中，人对动物的骂是不可忽视的。牛耕田时偷吃了青苗，马运货时步伐慢了，羊撞歪了栏杆，狗守夜时溜出了家门，猪不爱吃食了，鸡下蛋不勤了，猫碰翻了茶杯等等事情，都是人对动物开骂的缘由。动物不会还嘴，所以人骂动物格外地放纵，完全可以把对人的怨气转嫁到它们身上——指桑骂槐的，动物对人的骂自然领会不够，所以往往在挨了骂后，它们还对主人表现出种种的讨好和媚态，比如猫伸出舌头舔人的手心，狗叼回被风吹到院外的女主人晾晒的衣服，猪把主人不小心褪到食儿里的戒指吐到地上。人一感动，对动物的骂就满怀着怜爱之情了，如同情人之间的絮语，是那种甜蜜的、贴心贴肺的骂声。骂声的浪漫色彩就出来了。

依我对生活情趣的理解，"骂"肯定是其中必不可少的一个因素。也许一些道貌岸然的正人君子会对我的这种说法嗤之以鼻，他们的理由肯定就是：骂是不文明的行为。我觉得文明有的时候很像浸泡在福尔马林溶液中的一块肉，虽然它可以长时间不腐烂，但它的那种新鲜是暗淡和陈腐的，食之无味。再换一个比喻说，文明兴许就是被修剪得失去很多枝丫的树，它虽然看上去端庄，但因为没有了那些旁逸斜出的枝丫的点缀，而失却了妖娆的气息。骂声像飘来荡去的云，一旦它聚集在一起，势必要形成风雨，是阻挡不了的。你压抑它，它就有可能在你的身体上作祟，使你终日闷闷不乐。一旦它拥堵在一处，人就可能因积郁太重而精神失常。所以我们常见疯了的人会骂不绝声，让我觉得他们之所以"疯癫"，就是为了释放骂声。

骂有它粗野可恶的一面，也有它温存浪漫的一面。我喜欢骂声中的那种浪漫，它们与我的文学世界息息相关。其实在《红楼梦》等古典小说名著中，我们都可以与洋溢着生活情趣的"小蹄子"之类的骂相逢。骂是一种心理活动的产物，人的心不可能总是风平浪静，当它起了波澜时，你得允许它释放。当然，我喜欢那种充满了艺术趣味的释放，喜欢那浪漫的骂声，时光裹挟在这样的骂声中，显得格外五彩缤纷。

图书在版编目(CIP)数据

原来姹紫嫣红开遍 / 迟子建著. —杭州：浙江文艺出版社, 2022.1(2025.5重印)
ISBN 978-7-5339-6676-8

Ⅰ.①原… Ⅱ.①迟… Ⅲ.①散文集—中国—当代 Ⅳ.①I267

中国版本图书馆CIP数据核字(2021)第226040号

策划统筹　王晓乐
责任编辑　谢园园　张恩惠
责任校对　唐　娇
责任印制　吴春娟
装帧设计　尚燕平
营销编辑　张恩惠

原来姹紫嫣红开遍

迟子建　著

出版发行	浙江文艺出版社
地　　址	杭州市环城北路177号
邮　　编	310003
电　　话	0571-85176953(总编办)
	0571-85152727(市场部)
制　　版	杭州天一图文制作有限公司
印　　刷	浙江新华数码印务有限公司
开　　本	880毫米×1230毫米　1/32
字　　数	159千字
印　　张	8.375
插　　页	2
印　　数	65001-68000册
版　　次	2022年1月第1版
印　　次	2025年5月第19次印刷
书　　号	ISBN 978-7-5339-6676-8
定　　价	45.00元

版权所有　侵权必究
(如有印装质量问题,影响阅读,请与市场部联系调换)